PROFIL BAC

Collection dirigée par Georges Décote

20 poèmes expliqués

Les Fleurs du mal (1857)

Le Spleen de Paris (1869)

CHARLES BAUDELAIRE

JOËL DUBOSCLARD
Agrégé de l'Université

MARIE CARLIER
Agrégée de l'Université

Sommaire

 ISSN 0750-2516 ISBN 2-218-**73402-8**

1 L'Albatros

Souvent, pour s'amuser, les hommes d'équipage
Prennent des albatros, vastes oiseaux des mers,
Qui suivent, indolents compagnons de voyage,
Le navire glissant sur les gouffres amers.

A peine les ont-ils déposés sur les planches,
Que ces rois de l'azur, maladroits et honteux,
Laissent piteusement leurs grandes ailes blanches
Comme des avirons traîner à côté d'eux.

Ce voyageur ailé, comme il est gauche et veule !
Lui, naguère si beau, qu'il est comique et laid !
L'un agace son bec avec un brûle-gueule,
L'autre mime, en boîtant, l'infirme qui volait !

Le Poète est semblable au prince des nuées
Qui hante la tempête et se rit de l'archer ;
Exilé sur le sol au milieu des huées,
Ses ailes de géant l'empêchent de marcher.

PLAN REDIGE

(pour une lecture méthodique)

INTRODUCTION

Souvenir d'une scène en mer lors du voyage de Baudelaire à la Réunion en 1841, réminiscence littéraire de la vie d'équipage décrite dans *Les Aventures d'Arthur Gordon Pym* d'Edgar Poe, influence du milieu — en février 1859, date à laquelle le poème fut écrit, Baudelaire vivait à Honfleur —, ont peut-être contribué à la composition de « L'Albatros ». Mais le poème trouve avant tout sa source dans le malaise de l'écrivain, dans les difficultés propres à sa condition de poète, dans la nouveauté d'une écriture qui « comprend sans effort le langage des fleurs et des choses muettes » et parvient à saisir la signification profonde cachée au cœur du réel.

C'est ainsi qu'on découvre, au-delà de l'anecdote et de son caractère dramatique, la signification symbolique et philosophique du poème.

1. ANECDOTE ET DRAMATISATION

Le lieu

A la première lecture, « L'Albatros » se présente comme la narration d'une scène de la vie en mer. Le contexte, la haute mer, s'impose d'emblée par le jeu des rimes aux vers 2 et 4 : « oiseaux des mers », « gouffres amers ». Un champ lexical maritime précise cet univers : « hommes d'équipage » (v. 1), « albatros » (v. 2), « oiseaux des mers » (v. 2), « Le navire » (v. 4), « les planches » (v. 5), « avirons » (v. 8), « tempête » (v. 14). L'évocation du lieu répond à une structure très nette : plan d'ensemble dans le premier quatrain avec les albatros qui suivent le navire, plan rapproché dans le deuxième quatrain — l'albatros se retrouve cette fois sur les planches —, confrontation de l'oiseau et des marins dans le troisième quatrain.

Les acteurs

Premiers cité, les marins sont peu décrits ; l'accent est mis sur une communauté : « les hommes » et « [l']équipage » (v. 1), ensemble de ceux qui assurent la manœuvre et le service sur un navire. Ils nous apparaissent de façon indifférenciée (« l'un », « l'autre » [v. 11-12]) et se définissent par leur situation, leur position au sol. Ils appartiennent au monde des « planches » (v. 5), , du « sol » (v. 15), , de la terre ferme. Le poète les dépeint en action — capturant et ridiculisant un albatros — et les caractérise par un accessoire, la pipe, volontairement désignée par le terme vulgaire de « brûle-gueule » (v. 11). Un monde trivial, fruste, grossier s'esquisse, en contraste avec l'image de l'albatros.

L'importance accordée aux albatros se lit dans la place que tiennent les périphrases : la première occupe tout le second hémistiche du vers 2, la seconde neuf syllabes du vers 3. Notons la faible valeur descriptive des qualificatifs. L'épithète « vastes » (v. 2) suggère certes la grande envergure de l'oiseau ; mais elle souligne surtout une symbiose entre l'albatros et son milieu, l'infini des mers et de l'azur. Impression qui se voit confirmée par la périphrase « ces rois de l'azur » (v. 6) et par « Ce voyageur ailé » (v. 9). Rythme et sonorités contribuent aussi à mettre en valeur l'harmonie du vol et son déploiement. On peut remarquer l'effet d'allongement créé par la prononciation des « e » muets : « Qui suivent » (v. 3), « vas/tes oiseaux des mers » (v. 2), « Le navi/re » (v. 4) ; prédominance des consonnes continues : sifflantes (s/z), et surtout liquides (l/r) dont la souplesse d'articulation souligne la fluidité de l'air et de l'eau :

> Prennent des albatros, vastes oiseaux des mers,
> Qui suivent, indolents compagnons de voyage,
> Le navire glissant sur les gouffres amers. (v. 2 à 4)

Le climat de bien-être et de nonchalance se trouve encore renforcé par les sonorités assourdies des voyelles nasalisées : « indolents », « compagnons », « glissant ».

L'action

Le poème revêt d'emblée un caractère anecdotique, comme le soulignent les nombreux adverbes de temps venant ponctuer l'action : « Souvent », placé à l'attaque du poème, « A peine », situé au début du deuxième quatrain et « naguère » au vers 10. L'action, mise en valeur par l'enjambement :

> Souvent, pour s'amuser, les hommes d'équipage
> Prennent des albatros...

prend un caractère subit et brutal. Le motif de cette capture, « pour s'amuser », aussitôt précisé, témoigne d'une cruauté inconsciente des marins. A la liberté de l'oiseau, évoquée par des allusions au mouvement et au voyage — « Qui suivent » (v. 3), « indolents compagnons de voyage » (v. 3), « Ce voyageur ailé » (v. 9), succède un emprisonnement au sol, perceptible dans la structure même du deuxième quatrain. Les deux vers consacrés à l'albatros se trouvent cernés par la référence au monde clos du bateau : « sur les planches » (v. 5), « Comme des avirons » (v. 8).

On assiste très vite à un renversement de situation : l'oiseau, qui dominait par son envol le ciel, la mer et le navire, se transforme en victime. Les marins deviennent les maîtres de la situation, comme l'indiquent les verbes de sens actif qui s'y rattachent — « Prennent » (v. 2), « ont-ils déposés » (v. 5) — tandis que des verbes à valeur passive évoquent les albatros qui « Laissent piteusement » (v. 7) — notons l'effet d'insistance créé par la longueur de l'adverbe — leurs ailes « traîner à côté d'eux » (v. 8).

L'action est dramatisée par toute une série de moyens. L'accent est d'abord mis sur le caractère soudain de la transformation : « A peine les ont-ils déposés sur les planches » (v. 4), « Lui, naguère si beau » (v. 10). De plus, la capture se change en torture physique :

> L'un agace son bec avec un brûle-gueule

et surtout morale :

> L'autre mime, en boîtant, l'infirme qui volait ! (v. 11 et 12)

L'oiseau suscite la caricature et le rire cruel et stupide : l'albatros est perçu comme « comique » (v. 10). La présence de deux tournures exclamatives accentue encore le caractère dramatique de la scène :

> Ce voyageur ailé, comme il est gauche et veule !
> Lui, naguère si beau, qu'il est comique et laid ! (v. 9-10)

Ce changement brutal se traduit par une série d'oppositions. De lieu d'abord : les « oiseaux des mers » (v. 2), les « rois de l'azur » (v. 6) se retrouvent sur les « planches » (v. 5). L'albatros au vol majestueux, dominateur des airs, se voit condamné à une inadaptation tragique : « maladroits » (v. 6), « gauche » (v. 9).

Mais la souffrance se révèle surtout d'ordre moral puisque l'oiseau prend conscience de sa déchéance, de sa chute. Humilié par sa gaucherie — « maladroits et honteux » (v. 6), c'est-à-dire maladroits et par conséquent honteux —, l'albatros se sent « veule » (v. 9), avili, dégradé. Le tragique de sa condition se lit constamment dans le rappel de sa grandeur passée opposée à sa misère présente :

> Lui, naguère si beau, qu'il est comique et laid ! (v. 10)

L'opposition d'adjectifs laudatifs et dépréciatifs — « ailé » (v. 9) et « beau » (v. 10), d'une part, « gauche et veule » (v. 9), « comique et laid » (v. 10), d'autre part — fait sentir le tragique de la condition présente de l'albatros. Ce tragique est souligné par le jeu phonique à la césure et à la rime (« ailé », v. 9, « et laid », v. 10) et par l'oxymore (« l'infirme qui volait », v. 12).

2. DU RÉCIT AU SYMBOLE

Le refus du pittoresque

Au vers 13, une analogie nous invite à interpréter la scène évoquée dans les trois premiers quatrains :

> Le Poète est semblable au prince des nuées (v. 13)

La correspondance établie entre le poète et le « prince des nuées » qu'est l'albatros opère le passage de l'anecdote à l'allégorie, à la signification morale et philosophique. D'emblée, Baudelaire confère une valeur morale à la scène particulière à laquelle il a assisté, préparant ainsi le symbole. L'absence d'éléments pittoresques et purement descriptifs est à remarquer : les marins ne sont présentés que par une périphrase, « les hommes d'équipage » (v. 1), et par un couple de pronoms indéfinis : « L'un », « L'autre » (v. 11-12). Le bateau, désigné une première fois par le mot « navire » (v. 4), n'est ensuite évoqué que de manière métonymique et symbolique : Baudelaire nomme seulement le matériau dont est fait le bateau ou l'une de ses parties, « les planches » (v. 5). Quant à la capture, loin de donner lieu à une scène de genre, elle n'est mentionnée que par le verbe « Prennent » (v. 2).

L'identification de l'albatros et du poète

L'assimilation de l'albatros et du poète s'effectue par divers procédés. Notons d'abord le passage de l'article indéfini, « des albatros » (v. 2), à l'article défini singulier du titre « L'Albatros ». Baudelaire met ainsi l'accent sur la valeur générale et symbolique de l'oiseau. Notons la présentation similaire du « Poète » (v. 13), terme dont la portée est renforcée par une majuscule.

La correspondance entre l'oiseau et le poète s'établit aussi grâce à l'ambiguïté des termes qui désignent l'albatros. Par le biais des périphrases, « indolents compagnons de voyage » (v. 3), « ces rois de l'azur » (v. 6), « Ce voyageur ailé » (v. 9), on assiste à une personnification de celui-ci. La métaphore « l'infirme qui volait » (v. 12) accentue encore cette impression. Quant au poète, il s'identifie à son tour à l'oiseau par le motif de l'aile, « Ses ailes de géant l'empêchent de marcher » (v. 16), récurrent dans le poème : « leurs grandes ailes blanches » (v. 7), « voyageur ailé » (v. 9), « qui volait » (v. 12). Cette image assure à la fois l'unité du poème et le passage de l'anecdote au symbole.

3. LE DÉCHIFFREMENT

La solitude du poète et de l'homme de génie

Dans « L'Albatros », Baudelaire reprend un thème littéraire traditionnel — la solitude de l'homme de génie — à travers le motif de l'oiseau, très présent dans la littérature du XIXe siècle. Cette solitude se rencontre déjà chez les poètes de la Pléiade (Ronsard, Du Bellay), mais surtout chez les romantiques : pensons au Moïse des *Poèmes antiques et modernes* d'Alfred de Vigny :

> Ô Seigneur ! j'ai vécu puissant et solitaire,
> Laissez-moi m'endormir du sommeil de la terre !

ou bien au loup, « sauvage voyageur », symbole de liberté et de grandeur dans le poème des *Destinées* intitulé « La Mort du loup ».

L'albatros : une figure de grandeur

La signification symbolique du poème se lit surtout dans l'image de l'oiseau. A ce dernier se trouvent associés une idée de grandeur et un sentiment de détachement du monde matériel. « indolent[s] » (v. 3), rêveur, il plane au-dessus du navire et des « gouffres amers » (v. 4), image même chez Baudelaire des abîmes de l'existence et du temps. Sa patrie, c'est l'espace infini et sublime.

On constate que la supériorité morale et spirituelle du poète vis-à-vis du reste des hommes se trouve toujours liée, chez Baudelaire, à un univers aérien et céleste. Dans « Bénédiction », le poète « joue avec le vent, cause avec le nuage » ; dans le poème « Élévation », son esprit s'envole « loin des miasmes morbides » et « va [se] purifier dans l'air supérieur ». Ici, le poète « hante la tempête » (v. 14). Il connaît donc une exaltation d'ordre spirituel et intellectuel et se moque des atteintes provenant de la terre : il « se rit de l'archer » (v. 14) qui, du sol, lui lance ses flèches.

Une contrepartie douloureuse : un sentiment d'inadaptation et d'exclusion

Les deux derniers vers de « L'Albatros » :

> Exilé sur le sol au milieu des huées,
> Ses ailes de géant l'empêchent de marcher.

révèlent le revers douloureux du génie : l'incapacité de s'adapter aux réalités de la vie ordinaire et un sentiment constant d'exclusion. La chute du géant est suggérée stylistiquement par une rupture de construction.

Derrière l'anacoluthe « *Exilé* sur le sol [...] *Ses ailes* de géant l'empêchent de marcher » (v. 15-16), on peut lire « lorsqu'il est exilé, ses ailes de géant... ». Cette inadaptation à une existence où dominent la médiocrité, la vulgarité, l'utilitarisme et la bassesse suscite la moquerie et le rejet des hommes. Le poète, l'albatros font partie de cette cohorte d'exclus, d'exilés, à travers lesquels Baudelaire s'est toujours reconnu. Rejeté par sa mère et maltraité par les hommes qui « font sur lui l'essai de leur férocité » (« Bénédiction »), Baudelaire se sent à la fois victime et paria. A l'image de l'albatros répond celle du cygne, ainsi évoquée dans le poème du même nom :

> Je pense à mon grand cygne, avec ses gestes fous,
> Comme les exilés, ridicule et sublime

« Ridicule et sublime », telle est l'alliance qui définit la grandeur du poète et sa chute, sa déchéance parmi les hommes qui non seulement le raillent, le parodient mais vont même jusqu'à l'insulter :

> Exilé sur le sol au milieu des huées (v. 15)

La prononciation du mot « hu/ées », le hiatus provoqué par le *h* aspiré « des *h*uées », la rime antithétique (« nuées », synonyme de patrie, et « huées ») suggèrent un climat d'agression et de brutalité. Cette obsession de l'exil réapparaît dans la figure du vieux saltimbanque « au bout, à l'extrême bout de la rangée de baraques, comme si, honteux, il s'était exilé lui-même » *(Petits Poèmes en prose)*. Le saltimbanque partage avec l'albatros la même misère matérielle — il est ridicule aux yeux des autres, vêtu de « haillons comiques » — et le même sentiment de honte devant sa déchéance.

CONCLUSION

Si « L'Albatros » reprend un des thèmes favoris du romantisme, celui du poète qui se sent étranger dans une société qui ne le comprend pas, il le traite au moyen d'une écriture bien particulière, superposant constamment deux niveaux différents : l'un réaliste, l'autre symbolique. Par ailleurs, le poème se trouve dynamisé par une réflexion manichéenne [1], symptomatique de l'esprit baudelairien : grandeur et chute, spiritualité et matérialité, ciel et terre, poète et foule s'opposent sur un plan moral et symbolique. Cette tension perpétuelle entre les représentations du bien et celles du mal trouve sa source dans le thème chrétien de la faute originelle et de la chute qui hante le poète.

1. Le terme « manichéen » s'applique à toute conception fondée sur la coexistence dualiste du bien et du mal.

Correspondances

La nature est un temple où de vivants piliers
Laissent parfois sortir de confuses paroles ;
L'homme y passe à travers des forêts de symboles
4 Qui l'observent avec des regards familiers.

Comme de longs échos qui de loin se confondent
Dans une ténébreuse et profonde unité,
Vaste comme la nuit et comme la clarté,
8 Les parfums, les couleurs et les sons se répondent.

Il est des parfums frais comme des chairs d'enfants,
Doux comme les hautbois, verts comme les prairies,
11 — Et d'autres, corrompus, riches et triomphants,

Ayant l'expansion des choses infinies,
Comme l'ambre, le musc, le benjoin et l'encens,
14 Qui chantent les transports de l'esprit et des sens.

PISTES POUR UNE LECTURE METHODIQUE

1. SITUATION DU POÈME

La quatrième pièce des *Fleurs du Mal*, « Correspondances », succède à deux textes évoquant la condition malheureuse du poète. Il est en effet maudit par sa mère dans « Bénédiction », exilé sur la terre et rejeté par les hommes dans « L'Albatros ». Mais la vocation du poète se voit justifiée par les deux poèmes suivants : « Élévation » révèle son génie car il est seul capable de comprendre « Le langage des fleurs et des choses muettes » ; « Correspondances » présente le poète comme le médiateur entre la nature et les hommes.

Ce sonnet est enfin le véritable texte inaugural du recueil car il expose une nouvelle conception de la poésie fondée sur les correspondances.

2. ÉTUDE DU VOCABULAIRE

On remarque : un vocabulaire concret se rapportant à la « Nature » (v. 1) et aux sensations : « forêts » (v. 3), « parfums », « couleurs », « sons » (v. 8) et un vocabulaire abstrait présent :

– dans le titre même du poème. Le mot « correspondances [1] » est un terme fréquemment employé par les mystiques pour désigner l'analogie existant entre les différents règnes de la nature. Ainsi, pour eux, le règne végétal et le règne animal — dont l'homme fait partie — participent d'une vie identique et sont tous deux l'incarnation d'une réalité spirituelle [2] ;

– dans le concept d' « unité [3] » (v. 6), essentiel dans la pensée mystique puisque celle-ci se propose de

1. Baudelaire a trouvé ce mot chez Swedenborg, philosophe suédois du XVIIIe siècle, et chez Balzac qui reprend la pensée de Swedenborg. Ce mot désigne le principe de l'analogie universelle. Il apparaît chez Platon pour qui les réalités sensibles, matérielles, ne sont que le reflet des idées, c'est-à-dire d'un monde spirituel. La notion d'analogie est le postulat fondamental de la pensée mystique et idéaliste.

2. Le philosophe français Charles Fourier (XIXe siècle) précise la nature de cette analogie. Pour lui, il existe une analogie entre les trois règnes de la nature (minéral, végétal, animal), car ces trois réalités matérielles renvoient à des notions plus abstraites (l'amour, la vérité...) que Fourier appelle les passions de l'homme. En voici deux exemples. Celui-ci assimile les douze paires de côtes chez l'homme aux douze passions. Il considère encore la girafe comme un symbole de la vérité parce que c'est un animal qui élève son front au-dessus de tous les autres ; or, le propre de la vérité est de surmonter les erreurs.

3. La pensée mystique discrédite la matière, le multiple, le discontinu qui traduisent une dégradation dans l'espace et le temps. Elle exalte au contraire l'unité du monde spirituel ; unité qui vient confirmer sa supériorité.

retrouver l'unité fondamentale de l'univers derrière la diversité du multiple ;
– dans la référence à un langage intelligible : « paroles » (v. 2), « symboles » (v. 3).

3. ÉTUDE DES THÈMES

Le thème central est évidemment celui des correspondances. Mais on peut en distinguer trois sortes.

Un système vertical

Pour certains penseurs, l'homme est une réplique, à échelle réduite, de l'univers. Selon le philosophe suédois Swedenborg — dont l'influence est très nette chez Baudelaire —, « l'homme intérieur est le ciel sous sa petite forme » et « le ciel est un grand homme ». En vertu de cette analogie, l'homme pourra donc connaître l'univers mais aussi découvrir en lui son appartenance au monde spirituel. Ainsi, dans « Correspondances », le poète peut comprendre la nature parce qu'elle s'apparente à l'être humain (les arbres sont de « vivants piliers », v. 1, qui prononcent de « confuses paroles », v. 2). Mais il perçoit encore dans l'unité de ses sensations (cf. thème des correspondances entre les diverses sensations) l'unité même de l'univers dont elles ne sont que le reflet sensible :

> Dans une ténébreuse et profonde unité (v. 6)
> Les parfums, les couleurs et les sons se répondent. (v. 8)

En fait, le système de correspondances verticales repose sur une philosophie spiritualiste. Baudelaire distingue en effet deux plans de réalité : le naturel, c'est-à-dire la matière, qui n'est qu'apparence, et le spirituel, c'est-à-dire la réalité profonde, celle des causes premières à l'origine de l'univers. Par les symboles — signes matériels, concrets, fournis par la nature et porteurs d'une signification abstraite —, le poète pourra appréhender la réalité supérieure, spirituelle. Cette tâche est réservée au poète[1] car l'homme, lui, ne fait que « passe[r] à travers des forêts de symboles » (v. 3) sans chercher à en comprendre le sens. Seul celui qui est capable de déchiffrer les symboles pourra interpréter les signes mystérieux : « confuses paroles » (v. 2), « ténébreuse... unité » (v. 6) que lui envoie la nature.

Les correspondances entre les diverses sensations ou synesthésies

Baudelaire les définit dans un de ses nombreux textes critiques sur l'art : « Tout, forme, mouvement, nombre, couleur, parfum, dans le nature comme dans le spirituel, est significatif, réciproque [...] correspondant. » Tout repose sur « l'inépuisable fonds de l'universelle analogie[2] ». Ce sonnet synthétise cette théorie dans un vers resté justement célèbre :

Les parfums, les couleurs et les sons se répondent. (v. 8)

Elle est illustrée à partir des parfums, d'abord assimilés à des impressions tactiles : « frais comme des chairs d'enfants » (v. 9) ; ensuite appréhendés comme des sons : « Doux comme les hautbois » (v. 10) ; enfin confondus avec des impressions visuelles : « verts comme les prairies » (v. 10).

Ces diverses sensations se correspondent car elles renvoient toutes à une même notion morale, la pureté : pureté des « chairs d'enfants », du son « des hautbois » et du vert « des prairies » qui évoque le vert paradis des amours enfantines du poème « Mœsta et errabunda ».

---

1. Baudelaire affirme en effet : « Les symboles ne sont obscurs que d'une manière relative, c'est-à-dire selon la pureté, la bonne volonté ou la clairvoyance native des âmes. » Pour lui, le poète est donc clairvoyant par nature, prédestiné au déchiffrement des signes.
2. Tout se correspond dans l'univers : sur terre, les différents signes présentent des analogies. Le poète, lui, saisit les ressemblances entre l'homme et la nature (cf. « La mer est ton miroir », dans « L'Homme et la Mer », poème XIV de « Spleen et Idéal ».

Le prolongement de l'expérience sensuelle en extase spirituelle

Baudelaire oppose aux parfums précédents les parfums « corrompus, riches et triomphants » (v. 11), privilégiés pour leur pouvoir de suggestion, « l'ambre, le musc [...] et l'encens » (v. 13) contiennent tout un monde exotique. Bien plus, leur faculté de propagation, absolument illimitée, leur donne « l'expansion des choses infinies » (v. 12). Les parfums qui s'élèvent sans cesse amènent l'auteur à rêver à des réalités supérieures. L'expansion devient alors exaltation et l'ivresse sensuelle aboutit à l'extase spirituelle car ces parfums « ... chantent les transports *de l'esprit et des sens* » (v. 14).

4. ÉTUDE DES IMAGES ET DES COMPARAISONS

L'identification de la nature à un temple (v. 1) est une image qui repose sur une analogie visuelle entre les arbres de la forêt et les piliers d'un temple. Elle dévoile encore le caractère sacré de la nature qui devient le lieu d'une révélation. Par son intermédiaire, il est possible de découvrir la signification cachée du monde.

L'expression « forêts de symboles » (v. 3) est doublement intéressante. Les arbres symbolisent la double appartenance de l'homme au monde terrestre, matériel, et au monde céleste, spirituel, car ils sont enracinés dans la terre mais se dressent aussi vers le ciel.

D'autre part, l'allusion à la « forêt[s] » (v. 3), réputée pour être dense et obscure, montre que ces symboles sont nombreux mais qu'ils restent mystérieux.

Les comparaisons

Très nombreuses dans le poème (on trouve sept fois le mot « comme »), elles établissent les correspondances entre les sensations de différents registres :

Il est des parfums frais *comme* des chairs d'enfants,
Doux *comme* les hautbois, verts *comme* les prairies (v. 9-10)

Elles témoignent aussi d'un souci didactique de la part de l'auteur qui cherche à nous faire comprendre la théorie des correspondances en nous en donnant un équivalent concret :

Comme de longs échos qui de loin se confondent (v. 5) [...]
Les parfums, les couleurs et les sons se répondent. (v. 8)

5. PORTÉE DU POÈME

Portée mystique et spirituelle

Les correspondances donnent accès à une connaissance mystique du monde, c'est-à-dire à la connaissance de ses mystères par une démarche intuitive et analogique et non rationnelle et logique.

Elles entraînent une plénitude de l'existence puisqu'elles réalisent la fusion de l'expérience sensuelle et de l'expérience spirituelle.

Portée poétique

La théorie des correspondances influence de manière décisive l'évolution de la poésie. En cherchant le sens caché derrière les apparences sensibles, matérielles, elle ouvre la voie à la poésie symboliste qui ne voit dans le réel que le reflet d'une réalité supérieure : les principes, les causes qui régissent le monde.

Cette théorie permet également au poète de mettre en correspondance l'esthétique picturale et l'esthétique verbale : le poème « Les Phares » (poème VI), hommage aux grands peintres, transpose en images poétiques l'émotion que les tableaux procurent. Et Baudelaire, critique musical, fait se « répondre » les images de son texte et les « sons » des opéras de Richard Wagner [1].

---

1. « Richard Wagner et Tannhäuser à Paris », article repris dans l'*Art romantique*.

C'est pourquoi il affirme, comme tous les artistes de la seconde moitié du XIXe siècle : « Les arts aspirent, sinon à se suppléer l'un l'autre, du moins à se prêter réciproquement des forces nouvelles. »

L'école symboliste tirera parti de cette intuition. La poésie verlainienne rivalisera avec la peinture et la musique en portant à sa perfection l'art des synesthésies [1].

6. ÉTUDE DU RYTHME ET DES SONORITÉS

• *Le rythme :* la profonde harmonie du sonnet est rendue par la scansion régulière des alexandrins, tous coupés (à l'exception du vers 8) en deux hémistiches identiques 6/6. Cette impression culmine dans le dernier vers où mouvement d'extase et sentiment de plénitude sont rendus par l'équilibre parfait de l'alexandrin :

Qui chantent les transports de l'esprit et des sens (v. 14)
3 / 3 / 3 / 3

Enfin la prononciation dissociée de certaines syllabes (on dit expansi/on en deux syllabes et non expan*sion* [2]) traduit par son effet d'allongement le pouvoir de dilatation des parfums :

Ayant l'expansi/on des choses infinies (v. 12)

• *Les assonances (répétition de voyelles identiques) :* au vers 5, la notion d'écho est suggérée par la répétition des sons vocaliques :

Comme de l*on*gs éch*os* qui de loin se c*on*f*on*dent

Il y a ici effet d'harmonie imitative.

---

1. Dans ces deux vers de « Sagesse », Verlaine fusionne impressions visuelles et auditives : « Les faux beaux jours ont lui [...] / Et les voici vibrer aux cuivres du couchant. » Le verbe « vibrer » renvoie aussi bien à la vibration des sons qu'à celle des couleurs ; le mot « cuivres » désigne un instrument de musique mais aussi une couleur.
2. Cela s'appelle une diérèse.

• *Les allitérations (répétition de consonnes identiques) :* le phénomène d'écho est encore sensible dans la reprise de chaînes consonantiques semblables se combinant avec le système d'assonances déjà étudié :

Comme *d*e *l*ongs é*ch*os *q*ui *d*e *l*oin se *c*onfon*d*ent (v. 5)
K D L K K D L K D

Plan pour un commentaire composé

1. LA DÉCOUVERTE DES SYNESTHÉSIES

a) Étude des synesthésies (cf. Les correspondances entre les diverses sensations).
b) La fusion des sensations aboutit à celle des diverses formes artistiques (cf. Portée du poème, p. 18, et Étude des sonorités, p. 19).
c) Une poésie fondée sur la comparaison et la métaphore (cf. Étude des images et des comparaisons, ex. : « Il est des parfums... verts »).

2. UNE CONCEPTION DE L'UNIVERS ET DU RÔLE DU POÈTE

a) Une vision spiritualiste du monde. Cf. distinction de deux réalités : le naturel et le spirituel (« La Nature est un temple ») + étude des correspondances verticales (cf. Un système vertical, p. 15).
b) Le rôle du poète : déchiffrer les signes. Cf. Étude du vocabulaire (« paroles » ; « symboles ») + Étude des images, p. 17.
c) Nature et fonction de la poésie. Naissance de la poésie symboliste. Cf. Portée du poème, p. 18.
Accès à une meilleure connaissance de l'univers.

3 La Vie antérieure

J'ai longtemps habité sous de vastes portiques
Que les soleils marins teignaient de mille feux,
Et que leurs grands piliers, droits et majestueux,
Rendaient pareils, le soir, aux grottes basaltiques.

Les houles, en roulant les images des cieux,
Mêlaient d'une façon solennelle et mystique
Les tout-puissants accords de leur riche musique
Aux couleurs du couchant reflété par mes yeux.

C'est là que j'ai vécu dans les voluptés calmes,
Au milieu de l'azur, des vagues, des splendeurs
Et des esclaves nus, tout imprégnés d'odeurs,

Qui me rafraîchissaient le front avec des palmes,
Et dont l'unique soin était d'approfondir
Le secret douloureux qui me faisait languir.

EXPLICATION DE TEXTE

INTRODUCTION

Les poètes romantiques (Victor Hugo, Nerval[1] par exemple) ont volontiers adopté la théorie de la métempsychose : l'âme, s'incarnant dans des corps successifs, aurait vécu plusieurs vies, dont elle garderait d'obscurs souvenirs. Baudelaire s'est emparé de ce thème ;

1. Cf. Hugo, *Contemplations*, livre VI ; Nerval, *Odelettes*, « Fantaisie » (« Il est un air pour qui je donnerais... »).

de cette « vie antérieure », il a fait l'image même de l'Ailleurs, resplendissant de beauté et d'harmonie, qu'il nomme « Idéal », et oppose à la laideur de l'Ici.

Une première lecture laisse déjà un étrange sentiment. Il s'agit, dans les deux quatrains, d'un sonnet de l'harmonie ; dans le premier tercet et le premier vers du second tercet, s'épanouit le bonheur parfait du « je ». Et pourtant, soudain (v. 13 et 14), apparaissent le malaise et l'inexplicable souffrance. L'Idéal serait-il menacé par la hantise du spleen ?

ÉTUDE SUIVIE

Étude des vers 1 à 4

Ce premier quatrain impose à l'esprit l'immensité du décor : les adjectifs « vastes » (v. 1) et « grands » (v. 3) signalent une étendue et une hauteur considérables, cependant que l'adjectif « majestueux » (v. 3) suggère une grandeur spirituelle autant que matérielle. Les substantifs de ce quatrain sont tous au pluriel, ce qui contribue à dilater encore l'espace : les « portiques » (v. 1) et les « soleils » (v. 2) paraissent se démultiplier, comme dans certaines images de rêve.

A cela s'ajoute la dilatation du temps : avec l'adverbe « longtemps » (v. 1), la durée de la vie antérieure n'appartient plus au temps des horloges ; et le pluriel des « soleils marins » (v. 2) implique l'idée de l'éternel retour de journées lumineuses.

L'élément central du décor est évoqué dans le vers 1 :

> J'ai longtemps habité sous de *vastes portiques*

Ces « portiques », il convient de les imaginer comme des galeries soutenues par des colonnades (cf. « grands piliers », v. 3), pareilles à celles dont les Grecs puis les Romains ornèrent leurs villes. Destinés à la promenade, les portiques avaient aussi une fonction esthétique, images mêmes du goût classique pour la majesté, l'équilibre et la symétrie. Ce goût, Baudelaire le partageait au plus haut point ; aussi le « je » se rêve-t-il *hôte* de la Beauté architecturale (« J'ai longtemps *habité*... », v. 1). Du point de vue formel, le vers 1, comme le portique, est d'une impeccable régularité. On le voit en plaçant les accents qui délimitent les quatre mesures :

J'ai longtemps | habité | sous de va | stes portiqu[es]
3 | 3 | 3 | 3

Le phonème *t*, qui revient toutes les trois syllabes, accroît l'effet d'équilibre rythmique.

Le vers 2, « Que les soleils marins teignaient de mille feux », fait surgir deux éléments volontiers associés par le poète au paysage tropical : la mer et la lumière surpuissante. La force évocatrice du vers réside dans l'image des « soleils marins » : partant d'une réalité (éclat du soleil réverbéré par les flots), le poète donne comme indissociés deux éléments incompatibles, l'eau et le feu. L'expression les fait en somme fusionner dans une liquidité éclatante qui imprègne la pierre (« *teignaient* de mille feux »). On comprend qu'il s'agit des reflets chatoyants de la lumière sur les portiques : l'essentiel consiste dans la compénétration des éléments (eau-lumière-pierre) qui exalte leur beauté. Cela annonce l'univers de reflets que développe somptueusement le second quatrain.

Dans les vers 3 et 4 :

> Et que leurs grands piliers, droits et majestueux,
> Rendaient pareils, le soir, aux grottes basaltiques.

le paysage subit une métamorphose ; la pierre, au crépuscule, ressemble à la roche noire nommée basalte (d'où l'adjectif « basaltique », rare et étrange, qui a séduit le poète). On se souviendra aussi que, pour Baudelaire, il n'est pas de beauté complète sans que soit faite une part à l'obscur (le soir, moment favori du poète) et au mystère vaguement inquiétant (que suggèrent ici les grottes et la pierre noire). L'image de la grotte transforme l'ordonnance classique des portiques en un paysage lié à la primitivité. La grotte n'est-elle pas, dans les mythologies, le lieu de naissance de bien des divinités, l'image du ventre maternel ?

Au terme de ce premier quatrain s'est imposé un paysage ouvert sur l'infini (la mer) mais structuré par l'architecture (les portiques), à la fois artistique et sauvage (les grottes). A ce rêve avant tout esthétique faut-il chercher des sources dans la peinture ? La critique a souvent évoqué les toiles de Claude Gellée, dit le Lorrain (1600-1682), où d'immenses architectures classiques sont baignées par la mer et enveloppées par la lumière du soleil déclinant. Le rapprochement, très convaincant, montre une nouvelle fois que le rêve de l'Idéal rejoint les créations de l'art.

Étude des vers 5 à 9

Le second quatrain prolonge et élargit les thèmes marins et solaires du premier ; les pluriels y possèdent la même valeur, démultipliante à l'infini (« les houles », v. 5). L'immensité horizontale (la mer) et le paysage céleste se confondent (« les images des cieux » désignent le reflet des nuages). La mention du soleil couchant au vers 9, celle de l'agitation des flots au vers 5, font songer au goût romantique pour les effets de vagues et de lumière dans le domaine pictural [1].

Dans le vers 5, « Les houles, en roulant les images des cieux », deux infinis (la mer, le ciel) s'entremêlent sur le mode du reflet, le terme « images » ajoutant une dimension esthétique. Le participe « roulant » implique une sensation de vertige comparable à celle qui naît du roulis du navire. Ainsi le « je » voyage-t-il mentalement comme dans le poème en prose « Le Port ». L'écho phonique « h*oul*es »/« r*oul*ant » est l'image sonore du reflet.

Dans les vers 6 et 7 :

---

1. Évoquons cette fois *Marine*, du peintre anglais Turner (1775-1851).

> Mêlaient d'une façon solennelle et mystique
> Les tout-puissants accords de leur riche musique

on notera la valorisation esthétique dont bénéficie le bruit de la mer : le volume sonore est magnifié par l'adjectif « tout-puissants » ; « solennelle » et « riche » ajoutent une idée d'élévation spirituelle, de gloire sacrée (soutenue par l'adjectif « mystique », que nous commenterons plus loin). « Musique » renvoie à l'œuvre d'art, peut-être à la symphonie (« accords » des différents timbres), forme privilégiée de la musique romantique.

Cette musique des flots entre de plus en harmonie avec un autre élément esthétique, la couleur. Les houles en effet mêlent leur musique :

> Aux couleurs du couchant reflété par mes yeux (v. 8)

Le paradis antérieur apparaît alors le lieu de la correspondance, offerte par les éléments eux-mêmes, entre la beauté d'un spectacle visuel et celle d'une richesse sonore. Voilà pourquoi le paysage donne accès à une harmonie « solennelle et mystique » : il s'agit de l'harmonie d'un au-delà auquel, selon la pensée de Baudelaire, accède par l'imagination celui qui a saisi le lien des correspondances [1].

D'autre part, on voit le « je » entrer à son tour dans le système du reflet : puisque les couleurs du couchant sont « reflétées » par ses yeux, le regard, qui saisit la beauté de tout ce spectacle, devient lui-même élément de beauté reflétante-reflétée. La rime « cieux »-« yeux » souligne l'analogie parfaite du moi et du monde. Le quatrain forme donc une totalité où s'expriment à la fois l'harmonie des éléments entre eux et leur ampleur ;

---

1. Les correspondances baudelairiennes peuvent unir deux sensations (cf. le sonnet « Correspondances ») mais aussi deux formes d'art (par ex. la peinture de Delacroix et la musique de Weber, dans « Les Phares », poème VI).

ampleur et fluidité du rythme leur répondent puisqu'une unique proposition se déroule sur quatre vers, avec une seule coupure, encadrée par deux virgules, au vers 5.

L'examen du vers 6, « *Mêl*aient d'une façon *sol*en*nell*e et *mys*tique » montre un entremêlement des phonèmes *mls* dans un vers qui dit lui-même l'interférence des sensations.

Étude des vers 9 à 12

Dans les tercets, le « je » passe au premier plan ; il occupe une position centrale au sein des éléments naturels (v. 9 et 10), puis au milieu des hommes (v. 11 et 12).

Le mouvement de reprise du vers 9 (« C'est là que j'ai vécu… ») fait écho au vers 1, et assure la continuité spatiale ; le verbe « vivre » suggère davantage que le verbe « habiter » la fusion du « je » et du paysage. La préposition « dans » (« dans les voluptés calmes ») confirme cette impression. L'expression « voluptés *calmes* » renferme une étonnante alliance de mots pour qui connaît les idées de souffrance, de déchirement spirituel auxquelles Baudelaire associe d'ordinaire la volupté. Car ici nous sommes dans un éden antérieur aux notions de péché et de remords.

Le vers 10 « Au milieu de l'azur, des vagues, des splendeurs » enchante par son rythme régulier, ralenti par des virgules, berceur comme les « palmes » qui seront évoquées au vers 12. C'est le vers de la fusion par excellence : celle de la mer et du ciel, du concret et de l'abstrait (les « splendeurs » : choses et couleurs splendides), du « je » et de l'univers de beauté. La locution « au milieu de » implique que les éléments entourent et bercent un moi en position centrale et passive.

Ce statut fortement égocentré se précise dans les vers 11 et 12 : les esclaves (qui renvoient à la fois à l'exotisme et à l'Antiquité) sont tout dévoués au bien-être du « je » ; les palmes dont ils le rafraîchissent évoquent le monde oriental (les palmiers) et, sur le plan symbolique, la puissance et la victoire. Ces esclaves sont nus parce qu'il s'agit d'un univers étranger à l'idée de faute, liée à la nudité et à la sexualité. Le groupe au participe passé passif « tout imprégnés d'odeurs » fait d'eux des objets odorants, comparables à des flacons à parfum. On voit bien que leur présence a surtout pour but d'introduire le sens de l'odorat qui parachève l'ivresse des sensations évoquée dans les quatrains.

Pourtant, le sentiment d'un malaise s'insinue au cœur de ce bien-être capiteux. Pourquoi faut-il sans cesse « rafraîchir » ce « front » ? La chaleur exotique suffit-elle à l'expliquer quand on songe que le front est le symbole de l'activité de la pensée, et que celle-ci paraît lourde et pénible ?

Étude des vers 13 et 14

Nous voici au point où apparaît la fêlure dans le bonheur, qui va conduire jusqu'à la douleur (« secret douloureux ») et au dépérissement physique et moral qu'indique le verbe « languir » pris dans son sens propre.

Le « je » souffre de connaître un « secret » dont le poème ne livre pas le contenu, mais les seuls effets (il est douloureux, il stérilise le désir). Sur sa nature, les commentateurs de Baudelaire ont beaucoup argumenté. On admet le plus souvent que le « je » pressent finalement l'idée de péché originel qui, selon la Bible, a entraîné l'exclusion de l'homme hors du paradis terrestre. Ainsi, le poète aurait peint le rêve d'une vie antérieure, semblable à un paradis originel, puis inclus dans ce rêve même l'impossibilité d'y croire tout à fait. S'insinue à la fin l'angoisse de savoir qu'il y aura une « vie ultérieure », laide et torturante : la vie d'ici et de maintenant. L'Idéal n'apparaît que dans des visions aussi harmonieuses qu'éphémères, il est miné par la conscience de l'inévitable retour du spleen, c'est-à-dire du Réel.

CONCLUSION

Ce sonnet montre d'abord à quel point la vision de l'Idéal relève pour Baudelaire d'images esthétiques, auxquelles plusieurs références mythiques (l'Éden, antérieur au péché ; l'exotisme) prêtent leur appui.

Il est également remarquable par la dissonance entre la somptuosité calme de la forme et la souffrance qu'évoque le dernier tercet, de façon si inattendue. Tant il est vrai que, pour Baudelaire, la Beauté n'est point complète sans que l'idée de malheur s'y ajoute secrètement [1].

---

1. « Je ne conçois guère [...] un type de beauté où il n'y ait du *Malheur* », écrit Baudelaire dans *Fusées*, X.

Plan pour un commentaire composé

1. UN ÉDEN EXOTIQUE

a) Présence des éléments du rêve exotique cher à Baudelaire (cf. « Parfum exotique ») : mer et soleil (v. 2), chaleur (v. 10-11), paresse bienheureuse (v. 12). Ampleur calme du rythme des vers (v. 1, v. 10).
b) Un éden antérieur à l'idée chrétienne de faute, liée à la chair (« voluptées calmes », v. 9) ou à la nudité (« esclaves nus », v. 11).
c) Toute-puissance du « je », centre du monde (v. 10) (= contre-image du poète exilé et humilié dans la société industrielle).

2. UN RÊVE ESTHÉTIQUE ET SPIRITUEL

a) Architecture, ordre, symétrie (portiques et piliers) : paysage gréco-oriental. Régularité du rythme des vers (v. 1-3).
b) Paysage composé comme un tableau (cf. le Lorrain) : ordonnance classique, reflets du soleil couchant (v. 8) ; suggestion du mystère (grottes sombres, v. 4) dans le goût romantique.
c) Un paradis de correspondances : musique des flots, éclats des couleurs (v. 6-8), tableau et symphonie (« tout-puissants accords », v. 7) mêlés. Suggestion d'une dimension spirituelle (« solennelle et mystique », v. 6) qui éveille l'idée d'infini. Plénitude somptueuse des sonorités (v. 7).

3. FÊLURE ET DISSONANCE

a) Suggestion de la fièvre et de l'angoisse du « je » (v. 12).
b) Fêlure dans la plénitude insouciante = la conscience du temps, de l'inéluctable retour au spleen (« le secret douloureux ») mine le « je » (« me faisait languir »).
c) La nostalgie au cœur du bonheur : une dissonance typiquement baudelairienne.

4 Bohémiens en voyage

La tribu prophétique aux prunelles ardentes
Hier s'est mise en route, emportant ses petits
Sur son dos, ou livrant à leurs fiers appétits
Le trésor toujours prêt des mamelles pendantes.

Les hommes vont à pied sous leurs armes luisantes
Le long des chariots où les leurs sont blottis,
Promenant sur le ciel des yeux appesantis
Par le morne regret des chimères absentes.

Du fond de son réduit sablonneux, le grillon,
Les regardant passer, redouble sa chanson ;
Cybèle, qui les aime, augmente ses verdures,

Fait couler le rocher et fleurir le désert
Devant ces voyageurs, pour lesquels est ouvert
L'empire familier des ténèbres futures.

LECTURE METHODIQUE

INTRODUCTION

Le sujet du poème est simple en apparence : un observateur anonyme (le poète) décrit le passage d'une caravane de bohémiens[1]. A la manière d'un dessinateur, il s'attache à silhouetter l'ensemble (femmes,

1. Les bohémiens sont des nomades, vivant dans des roulottes, et considérés avec suspicion par la société bourgeoise du XIXe siècle.

enfants, hommes, roulottes) en fixant le détail pittoresque ou évocateur (éclat des regards, attitude des mères et des nourrissons).

Les bohémiens sont silencieux, et le poète ne leur prête pas d'idée ou d'intention clairement formulées ; mais le choix des adjectifs descriptifs révèle en eux l'étrange coexistence de l'ardeur vitale (« prunelles *ardentes* », v. 1, « *fiers* appétits », v. 3) et de la tristesse lasse (« yeux *appesantis* », v. 7, « *morne* regret », v. 8). Il convient de cerner cette intériorité des bohémiens faite d'éléments complexes et opposés.

Dans les tercets, s'impose une dimension surnaturelle : la nature, divinisée (Cybèle [1]), semble accomplir des miracles pour les voyageurs. Eux-mêmes se voient reconnaître par le poète une forme supérieure de connaissance, puisque l'avenir obscur leur est déjà « familier » (v. 14). Le poème opère donc une transfiguration de son sujet : les nomades, matériellement pauvres, sont élevés au statut de « voyants » (comme les artistes dans *Les Fleurs du mal*). Leur voyage ressemble de plus en plus, suivant la progression du texte, à un cheminement sacré vers un au-delà du monde visible.

1. L'ART DU DESSINATEUR

Baudelaire s'est inspiré d'une gravure de Jacques Callot (1592-1635) intitulée, précisément, *Bohémiens en voyage*. Dans tout le poème, il n'y a pas d'adjectif de couleur, alors que l'effet en était aisé sur un sujet aussi pittoresque. Le poète, rivalisant avec le dessinateur, joue du trait précis et suggestif. On se demandera néanmoins pourquoi le paysage occupe une place secondaire par rapport aux personnages.

1. Cybèle, déesse asiatique, qui fut aussi honorée dans la Grèce antique, symbolise la Nature et ses capacités de renouveau et de reproduction.

Un croquis évocateur

Le poète retient, de l'attitude des bohémiens qui ont pris place dans les roulottes, l'idée de recroquevillement apeuré ou méfiant que contient le verbe « blottis » (v. 6). Il saisit un mouvement typique (« emportant ses petits / Sur son dos », v. 2-3) et souligne par le rejet brusque du complément le côté farouche du geste. Le réalisme du trait (« mamelles pendantes », v. 4) est accusé par l'emploi d'un terme relevant de l'animalité. L'adjectif « luisant », dans « armes luisantes » (v. 5) capte le reflet, l'éclat, plutôt que la couleur (comme on pourrait le rendre à l'aide du crayon noir). Et c'est encore l'idée d'éclat sombre qui s'impose dans l'expression « prunelles ardentes » (v. 1). Dans ce dernier exemple, l'éclat renvoie à l'ardeur intérieure, comme on le verra plus loin.

Présence effacée du paysage

Autant les hommes, et le regard qui les révèle, occupent l'attention du poète, autant le paysage se réduit à l'esquisse : on devine un bouquet d'arbres (« verdures », v. 11) et une source (« Fait couler le rocher », v. 12). La présence du grillon (v. 9), l'image du désert (v. 12), l'accablement des voyageurs (v. 7) suggèrent une atmosphère de chaleur estivale. Si la présence du décor est si effacée, c'est parce que les bohémiens, hypnotisés par la marche, prêtent peu d'attention au paysage qui, pour eux, précisément, s'efface. Ils ont les yeux tournés vers un autre espace (« le ciel », v. 7) et un autre temps (l'avenir, évoqué dans le vers 14).

2. ARDEUR ET TRISTESSE

Les yeux des bohémiens révèlent un état d'âme qui retient Baudelaire : l'élan brisé par la tristesse. Cette brisure de l'âme est au cœur de « Spleen et Idéal ».

L'ardeur primitive

Le poète s'est plu à marquer la primitivité du groupe humain : un terme comme « mamelles » (v. 4) se rattache, nous l'avons vu, à l'animalité. A travers l'expression « emportant ses petits » (v. 2), on devine le geste instinctif des mères. Les pulsions s'expriment dans toute leur force (« fiers appétits », v. 3, l'adjectif étant à prendre au sens étymologique[1] de « farouche », « sauvage »). On voit ainsi la race douée dès l'enfance de vigueur animale. La maternité est généreuse, elle ignore les conventions de la pudeur.

Cette ardeur de l'instinct se retrouve chez les hommes qui cheminent « sous leurs armes luisantes » (v. 5) : la préposition « sous » marque l'abondance des armes, qui paraissent faire corps avec ceux qui les portent. La violence est donc latente.

Dans les « prunelles *ardentes* » (v. 1) se révèle une intériorité puissante et passionnelle, l'adjectif jouant sur le registre concret (yeux brillants) et sur l'abstrait (expression intense du regard).

Toutes ces notations convergent vers l'idée de passion primitive qui s'oppose implicitement à la fadeur et à la convention bourgeoises que Baudelaire abomine. Aussi, la race des bohémiens est-elle vouée à cheminer en marge de la civilisation moderne. Ce qui la distingue aux yeux du poète est précisément ce qui l'exclut aux yeux de la société.

Le spleen des nomades

On s'étonne moins, alors, qu'un poids moral paraisse s'exercer sur les voyageurs accablés. La tristesse émerge surtout dans les vers 7 et 8 :

> Promenant sur le ciel des yeux appesantis
> Par le morne regret des chimères absentes.

1. « Fier » vient du latin *ferus* : sauvage.

Le regard des bohémiens se tourne vers l'ailleurs, ou l'infini (symbolisé par « le ciel »), parce qu'ici-bas leurs espoirs vains (sens de « chimères ») seront toujours déçus (les chimères sont « absentes » de cette réalité matérielle). C'est dire que leur « morne regret » n'est pas insatisfaction passagère, mais s'apparente à la tristesse permanente du « spleen ». Par là, ces nomades atteignent à la grandeur de tous les exilés sur la terre, assoiffés de l'Ailleurs, que Baudelaire a peints.

Le rythme des quatrains évoque ce mélange de grandeur et de tristesse : la monotonie du cheminement est rendue par la parfaite régularité de l'alexandrin (6 + 6) qui ne connaît (dans tout le poème) que le heurt dû au rejet du vers 3 sur le vers 4. Les vers 7 et 8 sont cadencés par la frappe du *p* :

> *P*romenant sur le ciel leurs yeux a*pp*esantis
> *P*ar le morne regret...

La grandeur et la solennité du vers 1 sont saisissantes : on remarque la périphrase noble et mystérieuse qui désigne les bohémiens (« La tribu prophétique » ; l'adjectif, comme nous le verrons, ne peut se comprendre que par rapport aux tercets). On entend aussi le retour du phonème *r* (associé aux consonnes *p*, *t* et *d*) qui martèle avec force cet alexandrin initial :

> La *tr*ibu *pr*ophétique aux *pr*unelles *ard*entes

3. LA TRANSFIGURATION SYMBOLIQUE

Dans les tercets, on assiste à une transfiguration progressive du nomadisme en cheminement sacré. Le passage de la caravane est d'abord honoré par le chant du grillon, puis par la déesse Cybèle, amie des bohémiens. Surtout, c'est à leur regard seul qu'est ouvert « L'empire familier des ténèbres futures » (v. 14), fermé à la connaissance des autres hommes. Ici, les bohémiens sont apparentés, comme les poètes, à des voyants.

Le cheminement sacré

Entre la nature et les bohémiens existe une sympathie secrète. C'est ainsi que l'on peut interpréter les vers 9 et 10 : le cri du grillon (anobli en « chanson ») n'a pas une simple valeur pittoresque. Il symbolise plutôt le salut spécial (« *redouble* sa chanson », v. 10) que le solitaire de la campagne adresse aux solitaires de la route. L'expression « du fond de son *réduit* sablonneux » (v. 9) est un peu surprenante, de prime abord ; on peut l'expliquer en avançant l'idée que le poète a voulu donner une coloration humaine (« réduit » : petit logis) au grillon. Celui-ci, en effet, semble habité par la nostalgie du voyage, « regardant passer » (v. 10) les éternels voyageurs. Pourquoi ne pas voir là une image du poète lui-même, autre nostalgique du voyage, dédiant sa « chanson » (son poème) aux bohémiens ?

La dimension sacrée apparaît fortement dans les vers 11 et 12. Cybèle, déesse antique de la Nature et du renouveau, « augmente ses verdures » (v. 11) pour les voyageurs, c'est-à-dire leur présente des bosquets ou des arbres plus verts que de coutume, au cœur de l'été. En précisant que Cybèle « aime » (v. 11) les bohémiens, le poète laisse entendre que ces derniers, demeurés proches des antiques mystères de la nature, bénéficient de la protection de cette déesse.

Dans le vers 12, « Fait couler le rocher et fleurir le désert », les prodiges sont toujours attribués à Cybèle, mais il y a maintenant interférence avec un autre domaine du sacré, celui de la Bible. L'allusion est claire : c'est pour Moïse et la tribu des Israélites en marche que Dieu fait jaillir l'eau du rocher et germer (ici « fleurir ») le désert (Livre de l'Exode).

Le poète a donc opéré une fusion des deux domaines religieux (Antiquité et judéo-christianisme) pour faire des bohémiens les héritiers du patrimoine sacré de l'Occident. Ces pauvres d'aujourd'hui transcendent le temps et semblent relever du mythe. Ainsi s'explique la nomination initiale : « La tribu prophétique », qui renvoie évidemment à la tribu de Moïse, prophète de Dieu.

Les « voyants »

On objectera que l'assimilation est abusive, puisque les bohémiens ne sont pas prophètes de Dieu. Et il est vrai que Baudelaire a mêlé le profane et le sacré sur ce point. Une réalité connue de tous a servi de tremplin à son imagination : les bohémiens prédisent l'avenir dans les cartes ou les lignes de la main. Le vers final joue sur ce don de « voyance », et le magnifie dans l'expression. La notion abstraite d'avenir est solennisée par l'emploi du terme « empire », puis colorée d'un noir épais par le terme de « ténèbres ». Dans tout le vers, s'étend la vibration sourde du *r* associé au *p*, au *b*, et au *t* comme en écho du vers initial :

> L'em*p*i*r*e familier des *t*énè*br*es fu*t*u*r*es.

Le but du voyage des bohémiens devient, à la fin du sonnet, l'Inconnu, obscur pour les autres hommes, mais « familier » pour ces « voyants » : pour eux, le futur « est ouvert » (v. 13), c'est-à-dire ouvert à leur connaissance. A cet égard, leur voyage même annonce l'ultime voyage vers l'Ailleurs sur lequel se concluent *les Fleurs du mal* (« Le Voyage », poème CXXXVI).

CONCLUSION

Ce poème offre une parfaite illustration de la manière, propre à Baudelaire, de saisir une réalité pittoresque et étrange pour la décrire, puis la dépasser en la portant dans le registre symbolique. Cela ne pourrait s'expliquer sans la sympathie du poète, exilé dans un siècle industriel, et revendiquant le droit de le mépriser, pour ces bohémiens voués à la solitude asociale, et à l'espérance meurtrie.

5 Hymne à la beauté

Viens-tu du ciel profond ou sors-tu de l'abîme,
Ô Beauté ? ton regard, infernal et divin,
Verse confusément le bienfait et le crime,
Et l'on peut pour cela te comparer au vin.

Tu contiens dans ton œil le couchant et l'aurore ;
Tu répands des parfums comme un soir orageux ;
Tes baisers sont un philtre et ta bouche une amphore
Qui font le héros lâche et l'enfant courageux.

Sors-tu du gouffre noir ou descends-tu des astres ?
Le Destin charmé suit tes jupons comme un chien ;
Tu sèmes au hasard la joie et les désastres,
Et tu gouvernes tout et ne réponds de rien.

Tu marches sur des morts, Beauté, dont tu te moques ;
De tes bijoux l'Horreur n'est pas le moins charmant,
Et le Meurtre, parmi tes plus chères breloques
Sur ton ventre orgueilleux danse amoureusement.

L'éphémère ébloui vole vers toi, chandelle,
Crépite, flambe et dit : Bénissons ce flambeau !
L'amoureux pantelant incliné sur sa belle
A l'air d'un moribond caressant son tombeau.

Que tu viennes du ciel ou de l'enfer, qu'importe,
Ô Beauté ! monstre énorme, effrayant, ingénu !
Si ton œil, ton souris, ton pied, m'ouvrent la porte
D'un Infini que j'aime et n'ai jamais connu ?

De Satan ou de Dieu, qu'importe ? Ange ou Sirène,
Qu'importe, si tu rends, — fée aux yeux de velours,
Rythme, parfum, lueur, ô mon unique reine ! —
L'univers moins hideux et les instants moins lourds ?

INTRODUCTION[1]

L' « Hymne à la beauté » s'intègre à une série de poèmes de la section « Spleen et Idéal », où Baudelaire cherche à définir l'essence du beau et sa conception du poète et de la poésie.

Baudelaire nous présente d'abord la beauté sous un visage ambigu et même contradictoire. Il montre ensuite la fascination qu'elle exerce sur lui, ce qui donne lieu à un véritable hymne à la beauté. Mais cette beauté toute-puissante est démoniaque. Aussi examinerons-nous en quoi la beauté est une *Fleur du mal*.

NATURE ET ORIGINE DE LA BEAUTÉ

Baudelaire cherche d'abord à cerner l'origine de la beauté et son identité.

Elle se présente d'emblée comme un mystère qu'on ne cesse d'interroger. Dès le premier vers, l'auteur demande :

> Viens-tu du ciel profond ou sors-tu de l'abîme

Cette question revêt un caractère obsessionnel. On la retrouve posée en des termes presque identiques au vers 9 :

> Sors-tu du gouffre noir ou descends-tu des astres ?

On remarque que la beauté semble presque toujours émerger d'une profondeur (« ciel profond », « abîme », « gouffre noir »). L'allusion à une profondeur ténébreuse souligne son origine obscure.

---

1. Pour faciliter la compréhension immédiate de notre commentaire, nous avons indiqué l'idée centrale de chaque partie. Il est bien évident que cette indication ne doit jamais figurer dans une copie.

En fait, son origine oscille continuellement entre le bien et le mal. Une série d'images représentent cet antagonisme : l'opposition haut/bas (« ciel profond »/« abîme », v. 1), ténèbres/lumière (« gouffre noir »/« astres », v. 9), « ciel »/« enfer » (v. 21), « Dieu »/« Satan » (v. 25).

Baudelaire définit le beau de façon paradoxale. Une série d'alliances de mots [1] prouve en effet la nature contradictoire de la beauté. Son regard est « infernal *et* divin » (v. 2) ; elle verse confusément « le bienfait *et* le crime » (v. 3) ; elle annonce le jour aussi bien que la nuit (« Tu contiens... le couchant *et* l'aurore », v. 5). La conjonction de coordination « et » souligne l'indissociabilité du bien et du mal ; leur répartition équilibrée est traduite par la parfaite symétrie des hémistiches :

infernal et divin (v. 2)
3 / 3
le bienfait et le crime (v. 3)
3 / 3

Force nous est de constater que la beauté baudelairienne n'est pas seulement contradictoire. Elle marque aussi une évolution des conceptions de l'auteur. En effet, dans le poème intitulé « La Beauté » (pièce bien antérieure à notre texte), Baudelaire avait de la beauté une vision très classique. Il nous la montrait immuable et éternelle « comme un rêve de pierre » (v. 1), ordonnée (« Je hais le mouvement qui déplace les lignes », v. 7) et pure (« J'unis un cœur de neige à la blancheur des cygnes, v. 6).

L' « Hymne à la beauté » nous en propose une tout autre image. Loin d'être un principe d'ordre, elle semble ici un facteur de désordre. Elle agit « confusément » (v. 3) ; elle subvertit les valeurs traditionnelles en brouillant notre vision du fort et du faible puisqu'elle rend « le héros lâche et l'enfant courageux » (v. 8). Ses actes n'obéissent à aucune logique particulière, sinon à celle de son propre caprice :

1. Rapprochement de mots ou de notions considérés comme contradictoires.

> Tu sèmes *au hasard* la joie et les désastres (v. 11)

Le paradoxe le plus frappant est sans nul doute le rapprochement du beau et du monstrueux (v. 22) :

> Ô Beauté ! monstre énorme, effrayant, ingénu !

La modernité de Baudelaire repose sur cette alliance inhabituelle de l'horreur et de la beauté. Elle est fort bien illustrée dans le poème « Une charogne » où l'auteur évoque avec complaisance un cadavre en train de se décomposer, « une charogne infâme », une « horrible infection » qu'il qualifie pourtant de « carcasse superbe ». Le monstrueux exerce sur Baudelaire la fascination de l'extraordinaire opposé à la banalité du quotidien. L'adjectif « énorme » (« monstre énorme », v. 22) ne signifie-t-il pas dans son sens étymologique : qui est hors des normes ?

Si beauté et pureté étaient auparavant indissociables pour Baudelaire, nous verrons plus loin que le beau s'écarte radicalement du bien et que l'esthétique se dissocie nettement de la morale.

UN HYMNE À LA TOUTE-PUISSANCE DE LA BEAUTÉ

Étudions maintenant le rôle que Baudelaire attribue à la beauté. Elle possède un incontestable pouvoir de fascination. Elle subjugue le destin (« Le Destin [est] *charmé* », v. 10). Le mot « charmé » doit être pris ici au sens fort d'envoûtement, de même qu'au vers 14 :

> De tes bijoux l'Horreur n'est pas le moins *charmant*

Sa capacité de métamorphose est évoquée à plusieurs reprises : ses baisers sont « un philtre » qui transforme le héros (v. 7-8) ; elle est tour à tour « fée » (v. 26) ou « Sirène » (v. 25).

Baudelaire précise ensuite le rôle qu'elle joue dans son existence (v. 23-24) :

> Si ton œil, ton souris, ton pied, m'ouvrent la porte
> D'un Infini que j'aime et n'ai jamais connu ?

La beauté, c'est-à-dire l'art, représente pour le poète l'évasion. Elle doit reculer les limites du quotidien, lui donner accès à l' « infini » et lui révéler du nouveau (le « jamais connu »). L'art a pour fonction de sublimer la réalité, de rendre (v. 28) :

> L'univers moins hideux et les instants moins lourds ?

C'est le recours suprême pour échapper au temps (« instants moins lourds », v. 28) et accéder à l'éternité.

Séduit par son pouvoir, Baudelaire va la célébrer dans un véritable hymne d'amour. L'admiration du poète est rendue par différents procédés : une syntaxe exclamative (« Ô mon unique reine ! », v. 27), le leitmotiv « Ô Beauté » (v. 2, v. 22), une série d'apostrophes laudatives (« Ange », « Sirène », « fée », reine », v. 25-27).

Enfin, pour rendre plus évidente encore l'attirance qu'elle exerce sur lui, l'auteur la représente sous les traits d'une femme. Cette image s'impose progressivement. Au vers 2, il est d'abord fait allusion à son « regard », puis à son « œil » (v. 5). La « bouche » est ensuite évoquée au vers 7 et comparée à une « amphore [1] ». On trouve aussi une allusion à son « ventre » (v. 16), à son « souris » et à son « pied » (v. 23). On remarque donc que la perception de la femme est fragmentée. Mais les éléments privilégiés par Baudelaire n'ont pas été choisis au hasard. Tous (« regard », « bouche », « sourire », pour le visage ; « ventre », « pied », pour le corps) sont de nature érotique [2], et mettent ainsi en valeur la fascination sensuelle qu'exerce la

1. Il s'agit d'un réceptacle profond et précieux (la plupart du temps par son contenu) dont la forme arrondie et évasée rappelle celle du corps de la femme.
2. C'est-à-dire propices à éveiller le désir amoureux sexuel.

beauté sur le poète. Notons encore que la femme sait jouer de ses charmes par maints artifices : ses « jupons » (v. 10), ses « bijoux » (v. 14). Son attrait sensuel éclate enfin dans une danse fort suggestive :

> Sur ton ventre orgueilleux danse amoureusement (v. 16)

LA BEAUTÉ EST UNE « FLEUR DU MAL »

Cette célébration de la beauté ne saurait masquer son caractère satanique. La beauté, selon Baudelaire, est une *Fleur du mal*. Cela, à plusieurs titres : parce qu'elle fait du poète son esclave et sa victime ; parce qu'elle est liée à la mort ; parce qu'elle entraîne enfin la damnation du poète.

Si la beauté suscite la dévotion de ceux qui l'entourent, elle provoque en même temps leur avilissement en établissant une relation de maître à esclave :

> Le Destin charmé suit tes jupons *comme un chien* (v. 10)

Le poète se prosterne aux genoux de son « unique reine » (v. 27) ; toutes choses acceptent d'être consumées par elle :

> L'éphémère ébloui vole vers toi, chandelle,
> Crépite, flambe et dit : Bénissons ce flambeau ! (v. 17-18)

Le caractère nettement sadomasochiste [1] de ces relations se manifeste aux vers 19 et 20 :

> L'amoureux pantelant incliné sur sa belle
> A l'air d'un moribond caressant son tombeau

La soumission de l'amant est suggérée par l'adjectif « incliné » ; sa faiblesse et sa mort prochaine apparaissent dans l'épithète « pantelant [2] » et dans le substantif « moribond ». Son masochisme nous est révélé par

---

1. La beauté se plaît à faire souffrir ; le poète aime cette souffrance.
2. « Pantelant » signifie qui respire à peine, convulsivement ; pantelant se dit de quelqu'un qui vient d'être tué et qui palpite encore.

l'expression « caressant son tombeau », puisque le moribond semble éprouver une réelle jouissance à l'idée de sa propre mort.

La beauté est en fait profondément liée à la mort. Sa cruauté et son insensibilité sont notées à maintes reprises. Le sort des hommes lui est indifférent :

> Et tu gouvernes *tout* et ne réponds de *rien*. (v. 12)

Son mépris de la vie humaine est rendu sensible par la mise en relation des paronymes[1] « morts » et « moques », placés à la fin de chaque hémistiche :

> Tu marches sur des *morts*, Beauté, dont tu te *moques* (v. 13)

L'alliance de la beauté et de la mort est enfin rendue par le rapprochement des mots « morts » et « Beauté » de part et d'autre de la césure (... *morts/Beauté*..., v. 13).

En fait, la forte connotation érotique imprimée dans ce texte à la beauté ne pouvait que l'assimiler à la mort. L'amour, à l'instar de la mort, entraîne une perte de conscience et donc l'anéantissement même de l'individu. L'art, l'amour et la mort sont une même chose.

La beauté ne peut alors que pactiser avec les forces du mal, le meurtre surtout, qui pousse le sadisme jusqu'à la mort. Elle « verse... le crime » (v. 3) ; « de [s]es bijoux l'Horreur n'est pas le moins charmant » (v. 14) ; et « le Meurtre [est], parmi [s]es plus chères breloques » (v. 15).

Mais cette fascination pour l'horreur n'est pas purement sadique. Succédant à la tentation exotique qui se montre illusoire dès lors qu'elle se réalise, l'horreur s'impose comme le seul moyen de pallier la banalité de nos destins. L'auteur affirme ainsi les vertus de la cruauté érigée en morale du fort (« Danse macabre ») :

> Les charmes de l'horreur n'enivrent que les forts !

1. Ce sont des mots presque identiques phonétiquement.

Cette conviction est énoncée dès l'adresse « Au lecteur » qui est la première pièce des *Fleurs du mal* (v. 25-28) :

> Si le viol, le poison, le poignard, l'incendie,
> N'ont pas encor brodé de leurs plaisants dessins
> Le canevas banal de nos piteux destins,
> C'est que notre âme, hélas ! n'est pas assez hardie

Puisque le crime et l'atrocité sont les seuls moyens d'échapper à la médiocrité de notre condition, le poète est prêt à signer un pacte avec le diable. N'affirme-t-il pas à deux reprises (v. 21, 25, 26, 28) :

> Que tu viennes du ciel ou de l'enfer, qu'importe [...]
> De Satan ou de Dieu, qu'importe ? Ange ou Sirène,
> Qu'importe, si tu rends [...]
> L'univers moins hideux et les instants moins lourds ?

et à nouveau dans « Le Mauvais Vitrier » :

> Qu'importe l'éternité de la damnation à qui a trouvé dans une seconde l'infini de la jouissance

CONCLUSION

Ce poème nous révèle d'abord une esthétique originale, non plus fondée sur le modèle traditionnel proposé par l'école parnassienne[1], mais sur des critères modernes et personnels comme le bizarre et le monstrueux. Baudelaire cherche donc à dégager la beauté de la laideur — il y parviendra dans le poème « Une charogne » — mais aussi à faire du crime une force suprême. Sur le plan esthétique comme sur le plan moral, il tente d'extraire les *Fleurs du mal*. Il dissocie enfin définitivement le beau du bien.

L'« Hymne à la beauté » éclaire à la fois la personnalité de l'auteur et le caractère de son œuvre. Il met l'accent sur l'ambiguïté du tempérament baudelairien où sadisme et masochisme sont étroitement mêlés. Il dévoile enfin l'aspect satanique du recueil.

---

1. La beauté, pour les Parnassiens, repose essentiellement sur la perfection formelle.

6 Parfum exotique

Quand, les deux yeux fermés, en un soir chaud d'automne,
Je respire l'odeur de ton sein chaleureux,
Je vois se dérouler des rivages heureux
Qu'éblouissent les feux d'un soleil monotone ;

Une île paresseuse où la nature donne
Des arbres singuliers et des fruits savoureux ;
Des hommes dont le corps est mince et vigoureux,
Et des femmes dont l'œil par sa franchise étonne.

Guidé par ton odeur vers de charmants climats,
Je vois un port rempli de voiles et de mâts
Encor tout fatigués par la vague marine,

Pendant que le parfum des verts tamariniers,
Qui circule dans l'air et m'enfle la narine,
Se mêle dans mon âme au chant des mariniers.

EXPLICATION DE TEXTE

INTRODUCTION[1]

Ce sonnet ouvre, dans la section « Spleen et Idéal », le cycle consacré à Jeanne Duval. La fusion de l'érotisme et de l'exotisme, caractéristique de ce cycle, tient à la personnalité de Jeanne Duval, mulâtresse extrême-

1. Voir ci-dessus note 1, p. 38.

ment sensuelle. Baudelaire la rencontre à son retour de l'île Maurice en 1842. Mais ici, la femme s'efface très vite devant la puissance de son parfum qui engendre la vision et le poème, comme l'indique d'ailleurs le titre : « Parfum exotique ». Le poème est marqué par un mouvement de crescendo : le rêve s'actualise de plus en plus et le sonnet se clôt sur un état d'extase provoqué par le jeu des correspondances.

ÉTUDE SUIVIE

Étude du premier quatrain

L'attaque du poème :

> Quand, les deux yeux fermés, en un soir chaud d'automne
> (v. 1)

est d'ordre anecdotique. Elle indique les conditions qui concourent à rendre le climat de rêverie à l'origine de la vision. On y trouve l'attitude de la rêverie (« les deux yeux fermés »), le moment qui la favorise (le « soir ») et la saison propice au regret et à la nostalgie (l' « automne »). Les conditions climatiques — il s'agit d' « un soir *chaud* d'automne » — évoquent déjà des contrées exotiques.

C'est dans un univers clos que l'imaginaire se déploie : les yeux sont « fermés », l'espace est circonscrit par la nuit.

Le verbe attendu après la conjonction « quand » est doublement mis en valeur par un effet d'attente et par sa position en début de vers :

> *Quand...* (v. 1)
> Je respire l'odeur de ton sein chaleureux (v. 2)

Le motif du « sein chaleureux » présente une forte connotation érotique mais révèle aussi l'importance de l'image maternelle. L'intimité amoureuse aboutit à une régression car le bonheur, pour Baudelaire, est toujours lié à l'enfance.

Le verbe de la principale n'apparaît qu'au vers 3. Il est mis en relief de la même façon que « je respire ». Le lien étroit qui unit l'odorat et la vue est souligné par la conjonction « quand » (qui traduit la simultanéité) et la position symétrique des verbes en début de vers : « Quand [...] *Je respire* [...] *Je vois* [...] » (v. 1, 2, 3).

La magie suggestive du parfum provoque le déploiement de la vision :

> Je vois se dérouler des rivages heureux (v. 3)

L'évocation des « rivages heureux » succède à celle du « sein chaleureux ». Un paysage exotique vient se substituer à la figure féminine. On perçoit alors nettement le rôle joué par la femme : libératrice de l'esprit et de la vision, elle n'est au fond qu'un prétexte au rêve. Après avoir accompli son rôle de médiateur, elle peut disparaître. Elle s'efface en effet des visions suivantes et ne réapparaîtra qu'une fois à travers son parfum : « Guidé par *ton odeur...* » (v. 9).

La vision du poète est toute intérieure puisqu'il voit « les deux yeux fermés ». Le poème perd alors son caractère anecdotique pour rendre un aspect visionnaire ; il se transforme en un tableau exotique.

Tous les mots du vers 4 s'accordent à souligner la qualité de lumière régnant sur ce paysage, ces

> ... rivages heureux
> Qu'éblouissent les feux d'un soleil monotone

Le verbe, mis en relief en début de vers, insiste sur l'intensité de cette lumière (« éblouissent ») ; le pluriel (« les feux ») évoque une lumière fécondée de ses multiples reflets sur l'eau.

Le soleil et la mer inaugurent donc la vision d'un monde paradisiaque — le soleil est symbole de vie, la mer de liberté et d'infini — qui va se préciser dans le second quatrain.

Étude du second quatrain

L'île, évoquée au vers 5, représente à plusieurs titres le paradis originel : nettement délimitée, préservée de la civilisation, c'est le lieu utopique par excellence, le symbole de l'âge d'or. Elle incarne ainsi toutes les aspirations de l'imaginaire. L'île illustre enfin le mythe de la terre-mère dont la générosité est inépuisable :

> Une île paresseuse/où la nature *donne*
> Des arbres singuliers et des fruits savoureux (v. 5-6)

L'île parvient à concilier des notions contradictoires comme l'oisiveté et la fécondité (les termes « paresseuse » et « donne » se répondent en fin d'hémistiche). A l'activité fébrile et souvent stérile du monde moderne, Baudelaire oppose une éthique de l'opium, une morale de l'oisiveté, prônée en ces termes dans le poème « La Chevelure » :

> [...] ô féconde paresse,
> Infinis bercements du loisir embaumé ! (v. 24-25)

Les adjectifs mettent en valeur les deux composantes du paradis baudelairien : l'exotisme (« des arbres *singuliers* ») et la sensualité (« des fruits *savoureux* »). L'allusion à la saveur des fruits reflète une conception païenne du paradis car dans l'Éden biblique le fruit est amer. Ici, le fruit n'est pas défendu comme dans la tradition chrétienne et la chute originelle est impossible. Cette vision harmonieuse de l'univers est rendue par la régularité même du vers 6 coupé 6/6, par la construction syntaxique identique des deux hémistiches (article + substantif + adjectif) et l'allitération en *s* : « *s*inguliers »/« *s*avoureux ».

A la description de la végétation succède celle de la population. L'accent est d'abord mis sur la beauté et la santé physique des hommes « dont le corps est mince et vigoureux » (v. 7). La nudité, loin d'être frappée d'opprobre, témoigne de l'innocence et de la beauté de l'homme naturel. A l'apparence physique des hommes répondent les vertus morales des femmes : à la nudité des corps correspond une transparence des âmes :

> Et des femmes dont l'œil par sa franchise étonne (v. 8)

Le verbe « étonne » montre que cette relation innocente entre les hommes et les femmes n'a plus cours dans notre monde civilisé, perverti par la corruption et la débauche.

Étude des deux tercets

Les deux premiers vers du premier tercet réaffirment la toute-puissance du parfum. L'effet de symétrie « Quand... Je respire... Je vois » est repris ici (v. 9-10) :

> *Guidé par ton odeur* vers de charmants climats,
> *Je vois* un port rempli de voiles et de mâts

L'attraction exercée par le paysage exotique est de nouveau confirmée par l'adjectif « charmants » pris ici au sens de « fascinants ».

Le champ de vision s'est déplacé. A l'évocation de l'île s'est substituée celle du port. Symbole de l'évasion et du voyage, le port résonne comme la promesse d'un retour au paradis originel qui vient d'être évoqué dans les quatrains. Il semble baigner dans une atmosphère extrêmement lumineuse : on imagine parfaitement la blancheur des voiles et l'éclat du soleil sur la mer, rendus par les assonances des voyelles éclatantes qui dominent les deux tercets : « Je v**oi**s un port r*em*pli de v**oi**les et de m**â**ts », « ch**a**rm*an*ts clim**a**ts », « f**a**tigués », « v**a**gue m**a**rine », « p*en*d*an*t », « p**a**rfum », « t**a**m**a**riniers », « m'*en*fle **la** n**a**rine », « **â**me », « ch*an*t », « m**a**riniers ».

La description du port est aussi placée sous le signe de la profusion : le port est « rempli de voiles et de mâts » et les sensations diverses y abondent :
– olfactives : « le parfum des verts tamariniers » (v. 12) ;
– visuelles : « rempli de voiles et de mâts » (v. 10), les « verts tamariniers » (v. 12) ;
– auditives : le « chant des mariniers » (v. 14).

La rêverie s'épanouit à partir de sensations et d'éléments concrets. Le réel est appréhendé de façon synecdotique, c'est-à-dire qu'une partie (par exemple, les « voiles ») suffit à désigner le tout (les bateaux). Cette perception est bien sûr métonymique[1], puisque la signification abstraite est toujours suggérée derrière la chose concrète (le bateau, par exemple, évoque le voyage).

L'univers baudelairien est ainsi chargé de symboles propres à incarner la rêverie. Le port en est un privilégié puisqu'il concilie des désirs contradictoires. Il est d'abord figure de la clôture (puisque les bateaux viennent s'y reposer, v. 11) et image de la vie bercée et protégée (on remarque en effet que le bercement de la vague marine revêt un caractère maternel). Baudelaire établit ici un lien profond entre les homonymes « mer » et « mère ». Mais le port est aussi le lieu de l'expansion, d'une ouverture vers l'ailleurs et l'infini, provoquée par le mouvement d'échange incessant entre les différentes sensations. L'odorat et la vue se confondent d'abord dans l'évocation du « parfum des verts tamariniers » (v. 12) ; enfin le « chant des mariniers » (v. 14) se greffe sur la vision des tamariniers. L'auteur reproduit, sur le plan phonique, l'unité de ce monde sensible en établissant un jeu d'échos grâce à la rime de mots presque homophones (« tamariniers », « mariniers ») et au réseau très dense d'assonances et d'allitérations. A la série de voyelles éclatantes — étudiée précédemment — se mêlent les allitérations de consonnes douces et continues : fricatives f/v (« *v*ois », « *v*oiles », v. 10 ; « *f*atigués », v. 11 ; « par*f*um », « *v*erts », v. 12 ; « m'en*f*le », v. 13) ; liquides l/r et nasales m/n (« char***m**ants* *cl*i**m**ats », v. 9 ; « **m**âts »,

1. La métonymie est une forme d'image reposant sur un rapport de proximité. On désigne ainsi le contenant pour le contenu : boire un verre (pour boire l'eau dans le verre), ou le signe pour la chose signifiée, c'est-à-dire dans notre poème le bateau pour le voyage.

v. 10 ; « **m**a*r*ine », v. 11 ; « ta**m**a*r*i**n**iers », v. 12 ; « **m**a*r*i-**n**iers », v. 14).

Cette unité sensible entre « Les parfums, les couleurs et les sons [qui] se répondent » comme dans le poème « Correspondances » ne peut nous être révélée que par l'intermédiaire du poète. C'est seulement « dans [s]on âme » (v. 14) que tout fusionne. Le mot « âme » opère le glissement du plan sensible au plan spirituel ; il nous révèle ainsi le prolongement de toute extase sensuelle pour Baudelaire. La progression croissante du dernier vers traduit ce paroxysme des impressions :

Se mêle dans mon âme au chant des mariniers.
2 / 4 / 6

CONCLUSION

Le sonnet « Parfum exotique » nous laisse sur une impression dominante de perfection formelle, car il s'agit d'un sonnet absolument régulier. Mais cette forme idéale ne saurait être privilégiée aux dépens de la richesse des significations à l'œuvre dans ce poème. « Parfum exotique » retrace le cheminement d'une rêverie reposant essentiellement sur les sensations. Mais celles-ci nous révèlent aussi la continuité symbolique qui unit ces trois figures de la protection et du bonheur que sont, pour Baudelaire, le sein maternel, l'île et le port.

7 Le Balcon

Mère des souvenirs, maîtresse des maîtresses,
Ô toi, tous mes plaisirs ! ô toi, tous mes devoirs !
Tu te rappelleras la beauté des caresses,
La douceur du foyer et le charme des soirs,
Mère des souvenirs, maîtresse des maîtresses !

Les soirs illuminés par l'ardeur du charbon,
Et les soirs au balcon, voilés de vapeurs roses,
Que ton sein m'était doux ! que ton cœur m'était
[bon !
Nous avons dit souvent d'impérissables choses
Les soirs illuminés par l'ardeur du charbon.

Que les soleils sont beaux dans les chaudes soirées !
Que l'espace est profond ! que le cœur est puissant !
En me penchant vers toi, reine des adorées,
Je croyais respirer le parfum de ton sang.
Que les soleils sont beaux dans les chaudes soirées !

La nuit s'épaississait ainsi qu'une cloison,
Et mes yeux dans le noir devinaient tes prunelles,
Et je buvais ton souffle, ô douceur ! ô poison !
Et tes pieds s'endormaient dans mes mains fraternelles.
La nuit s'épaississait ainsi qu'une cloison.

Je sais l'art d'évoquer les minutes heureuses,
Et revis mon passé blotti dans tes genoux.
Car à quoi bon chercher tes beautés langoureuses
Ailleurs qu'en ton cher corps et qu'en ton cœur si
[doux ?
Je sais l'art d'évoquer les minutes heureuses !

Ces serments, ces parfums, ces baisers infinis,
Renaîtront-ils d'un gouffre interdit à nos sondes,
Comme montent au ciel les soleils rajeunis
Après s'être lavés au fond des mers profondes ?
— Ô serments ! ô parfums ! ô baisers infinis !

COMMENTAIRE COMPOSÉ

INTRODUCTION[1]

« Le Balcon » évoque les moments éphémères de bonheur que le poète passa avec l'aimée, au cours desquels l'harmonie du couple paraît aussi subtile que fragile. Il est éclairant de savoir que ce poème a été écrit dans la douleur d'une rupture avec Jeanne Duval (maîtresse du poète, et inspiratrice d'un cycle de poèmes voué à la sensualité).

Le poète s'adresse à une femme dont le double visage de « mère » et de « maîtresse » étonne dès l'abord : on s'attachera pour commencer à étudier l'ambiguïté de cette figure féminine. Entre ce « je » et ce « tu », le rapport évolue de la complicité sensuelle à l'inquiétude muette, comme nous pourrons l'analyser dans un second temps. L'évocation est, d'autre part, indissociable d'un décor (comme le suggère déjà le titre) communiquant ici le dedans et le dehors, l'ampleur aérienne et l'intimité domestique. Comment enfin ne pas être sensible à l'atmosphère de nostalgie qui se dégage de ces strophes ? Il y a ici un lyrisme du temps perdu et retrouvé ; retrouvé, comme nous l'indique la dernière strophe, grâce aux pouvoirs mêmes de la poésie.

1. Voir ci-dessous note 1, p. 38.

AMBIVALENCE DE LA FIGURE FÉMININE

L'invocation initiale :

> Mère des souvenirs, maîtresse des maîtresses

juxtapose deux visages de la femme. « Mère des souvenirs », elle est celle qui permet de remonter vers le passé. Elle renvoie même à l'origine, au paradis perdu de la mémoire, et il n'est donc pas étonnant qu'apparaisse le visage de la mère, originel par excellence. Elle est aussi, comme l'exprime « maîtresse des maîtresses », la femme désirable et impérieuse entre toutes, selon le double sens du terme « maîtresse ».

A partir de là, on repère aisément l'ambivalence de cette mère-maîtresse. Déjà le vers 2 :

> Ô toi, tous mes plaisirs ! ô toi, tous mes devoirs !

opère le clivage essentiel : la sensualité d'un côté, le respect de l'autre. Au respect quasi filial répondent le calme domestique : « La douceur du foyer » (v. 4), et la bonté du cœur (v. 8, 24). Du côté de la maîtresse sensuelle, on notera les termes : « plaisirs » (v. 2), « caresses » (v. 3), « beautés langoureuses » (v. 23), « cher corps » (v. 24), « baisers infinis » (v. 26). Le texte joue donc constamment sur un double registre : fait remarquable, les images et les constructions entrecroisent les traits de la sensualité et ceux de l'affectivité. Dans le vers 8, par exemple :

> Que ton sein m'était doux ! que ton cœur m'était bon !

le parallélisme syntaxique souligne que l'attrait des sens et la quiétude morale sont indissociés. Cela frappe plus encore si l'on rapproche ce vers du vers 24 :

> Ailleurs qu'en ton cher corps et qu'en ton cœur si doux ?

La douceur sensuelle du sein évoquée (v. 8) est maintenant attribuée au cœur (c'est le versant affectif de la notion de douceur). Inversement, le corps, objet des sens, est qualifié d'un adjectif de l'affectivité (« *cher corps* »).

Le poème exprime une plénitude d'adoration, spirituelle et charnelle, comme le montre le vocatif du vers 13, « reine des adorées ». C'est là une formule de louange mystique qui pourrait s'appliquer à la Vierge aussi bien qu'à une maîtresse idolâtrée, reine du cœur et des sens. Baudelaire atteint à une idéalisation qui passe par la réconciliation des contraires : la femme charnelle des *Fleurs du mal* est souvent dure, ingrate, tandis que la femme-mère demeure madone inaccessible (poèmes inspirés par Mme Sabatier [1]). Ici, c'est la grâce de l'alliance de la beauté et de la bonté, de la maîtresse et de la mère.

UNE HARMONIE FRAGILE ET MENACÉE

L'intimité du couple est paisible et harmonieuse dans les deux premières strophes. On observe un équilibre de la sensualité et de l'esthétisme (« beauté des caresses », v. 3). La conversation est un échange apaisé : ces « impérissables choses » (v. 9) que profèrent les amants ne sont telles que parce qu'un moment de grâce les colore d'une lumière inoubliable. La troisième strophe marque le rapprochement, chaste et sensuel à la fois, de « je » et de « tu ». Mouvement d'adoration et d'effleurement (« En me penchant vers toi », v. 13) où s'accomplit l'apothéose de la communion. Dans l'admirable vers 14 :

> Je croyais respirer le parfum de ton sang

le symbole même de l'ardeur vitale et cachée, le sang, est comme vaporisé dans ce « parfum » (toujours si valorisé dans *Les Fleurs du mal*), et inhalé langoureusement par l'adorateur. Ainsi, le « je » respire l'essence

---

1. Citons « Harmonie du soir » et « Semper eadem ».

même de l'aimée : essence de l'être et essence aromatique. Le soutien consonantique *rrspr/prfs* dans chaque hémistiche assure au vers une plénitude phonique :

> Je c*r*oyais *r*e*spir*e*r*/le *p*a*rf*um de ton *s*ang

Dans la quatrième strophe, une inquiétante ambiguïté s'insinue : la femme devient invisible dans l'obscurité, le corps s'immobilise (v. 19). Si les yeux demeurent ouverts, le poète en est réduit à « deviner » dans leurs « prunelles » (v. 17) les sentiments équivoques qui habitent sa compagne. Plus grave, le souffle de l'aimée est devenu « poison » (v. 18). L'oxymore [1] « ô douceur ! ô poison ! » (v. 18) montre la perversité meurtrière qui menace la communion à laquelle aspire pourtant le « je » (« je buvais ton souffle »).

Dans la suite du poème, l'accent est mis, comme nous le verrons, sur le « je » lui-même, capable de ressusciter le passé par l'écriture. Sa compagne ne lui importe désormais que dans la mesure où elle lui permet de revivre ce passé, car elle l'abrite. C'est ce que dit, dans sa syntaxe ambiguë, le vers 22 :

> Et revis mon passé blotti dans tes genoux.

Qui est blotti ? Le « je » ou le passé ? Les deux lectures se soutiennent et se complètent. Le « je » ne vit plus que pour lui-même (« *mon* passé »), dans l'activité de la mémoire. La présence de la femme aux côtés du poète n'a d'autre rôle que de permettre la résurrection imaginaire des « minutes heureuses » d'autrefois.

LE DÉCOR : AMPLEUR AÉRIENNE ET INTIMITÉ DOMESTIQUE

L'importance du décor se signale dans le titre même du poème. Par le balcon, l'intérieur s'ouvre sur l'exté-

1. Figure de style qui consiste à allier des notions que la logique ou l'habitude opposent (ex. : « obscure clargé »).

rieur : l'intimité de la chambre se prolonge dans la profondeur mystérieuse d'un paysage crépusculaire. La douceur de ce paysage-atmosphère que le balcon surplombe est exprimée dans le vers 7 :

Et les soirs au balcon, voilés de vapeurs roses

L'art de Baudelaire touche ici à l'impressionnisme, en dissolvant les formes dans la lumière, ce qui dote le tableau de la légèreté aérienne du rêve.
Le dedans et le dehors communiquent également à la faveur d'un moment du jour privilégié chez Baudelaire ; le crépuscule [1]. Entre l'évocation du vers 6 :

Les soirs illuminés par l'*ardeur* du charbon

et celle du vers 11 :

Que les soleils sont beaux dans les *chaudes* soirées !

il s'établit un écho subtil entre deux formes d'intensité, lumineuse et rougeoyante ; et ces deux sources d' « ardeur » correspondent elles-mêmes à un climat d'ardeur sensuelle. On objectera que, par les soirs chauds d'été, le feu n'est pas allumé. C'est oublier que le poème entrecroise des souvenirs liés à différentes saisons : entre les « vapeurs roses » (de l'automne ?), l'or des « chaudes soirées » estivales, le rougeoiement du « foyer » hivernal s'instaure une puissante harmonie colorée.

En relisant le vers 12 :

Que l'espace est profond ! que le cœur est puissant !

nous sommes invités, par la symétrie de la syntaxe, à imaginer que l'espace et l'intimité affective participent d'une même expansion euphorique. L'adjectif « profond », toujours valorisé dans *Les Fleurs du mal*, implique le mystère et l'infini du rêve ; l'adjectif « puissant » lui répond, en suggérant que la force du sentiment

---

1. A rapprocher entre autres d' « Harmonie du soir » et de « Recueillement » (voir pp. 60 et 125).

contenue dans le cœur ne demande qu'à s'épancher et à irradier le désir à travers l'espace. L'ampleur du décor est comme la projection de la « puissance » du sentiment : dans la magie transformatrice du souvenir, le réel lui-même s'agrandit aux dimensions du cœur.

Toutefois, la quatrième strophe, qui, nous l'avons vu, marque une dégradation de la complicité, s'accompagne d'une modification des éléments du décor : « le noir » (v. 17) succède au demi-jour qui baignait la pièce. La nuit, comparée à une « cloison » (v. 16), constitue un symbole de l'absence de communication : car, désormais, les amants sont enfermés l'un pour l'autre dans l'opacité de leur intériorité.

LE TEMPS RETROUVÉ

Que faire pour que des moments de bonheur puissent, sinon ressusciter, du moins hanter durablement la mémoire ? Sans doute pratiquer « l'art d'évoquer les minutes heureuses » (v. 21, 25). Cet art d'évocation, prenons-le d'abord au sens étymologique : *evocare* en latin, c'est appeler, rappeler ; et, plus particulièrement, rappeler au jour l'âme des défunts. Souvenons-nous que Baudelaire définit aussi la poésie comme « sorcellerie évocatoire », magie des mots qui rendent présentes les réalités absentes. Aussi, cet « art d'évoquer » ne désigne-t-il rien d'autre que la poésie elle-même.

De l'idée de magie évocatoire, nous pouvons glisser à celle d'incantation (étymologiquement, opération d'un sortilège par la parole). En usant du refrain que constitue le cinquième vers de chaque strophe, le poète joue du pur pouvoir des mots. Le souvenir paraît venir s'y bercer des images et des rythmes par lesquels le passé est évoqué. Par définition, le refrain n'apporte pas de nouveaux éléments de signification ; mais il fait sens en permettant au vers initial de chaque strophe de retentir dans la rêverie du lecteur.

On peut alors saisir l'enjeu qui se révèle dans la sixième strophe : la renaissance (v. 27) du passé sera-t-elle effective à travers l'évocation poétique ? La tournure de la strophe est certes interrogative, mais le développement même de la comparaison (« Comme montent au ciel les soleils rajeunis », v. 28) suggère une réponse positive. Car, ces « soleils rajeunis », « lavés au fond des mers profondes » (v. 29), n'évoquent pas des aubes banales : la répétition cyclique, suggérée par le pluriel, fait d'eux le symbole d'une victoire sur le temps. Ils sont « lavés », c'est-à-dire purifiés, comme peuvent l'être les héros des mythes, après le passage par l'épreuve de l'inconnu ou de l'oubli. De même, la parole poétique triomphe du temps, comme en témoigne le dernier vers isolé par le tiret initial :

— ô serments ! ô parfums ! ô baisers infinis !

Ce n'est pas ici la simple reprise, comme précédemment, du premier vers du quintil [1], mais trois exclamations, proférées pour résumer la plénitude d'anciennes soirées amoureuses. La parole poétique retentit dans toute sa solennité (le triple « ô »), hors de toute contingence temporelle. Sa résonance est « infinie », à l'image de l'adjectif même qui clôt le poème.

« Le Balcon » rassemble en un bouquet unique tous les thèmes de « Spleen et Idéal ». La femme y apparaît aussi désirable que vénéneuse, le crépuscule aussi somptueux qu'inquiétant, le bonheur menacé par l'ennemi suprême, le temps [2]. Le poème contient aussi une méditation sur les pouvoirs de la poésie : le passé n'est « impérissable[s] » (v. 9) que si le poète sait « laver » et « rajeunir » dans les « mers profondes » de son esprit [3] ces mots usés qui sont les nôtres.

1. Nom donné à une strophe de cinq vers.
2. Cf. « L'Ennemi », poème X des *Fleurs du mal*.
3. Le poème XIV, « L'Homme et la Mer », pose l'équivalence de l'âme humaine et des profondeurs marines.

8 Harmonie du soir

Voici venir les temps où vibrant sur sa tige
Chaque fleur s'évapore ainsi qu'un encensoir ;
Les sons et les parfums tournent dans l'air du soir ;
Valse mélancolique et langoureux vertige !

Chaque fleur s'évapore ainsi qu'un encensoir ;
Le violon frémit comme un cœur qu'on afflige ;
Valse mélancolique et langoureux vertige !
Le ciel est triste et beau comme un grand reposoir.

Le violon frémit comme un cœur qu'on afflige,
Un cœur tendre, qui hait le néant vaste et noir !
Le ciel est triste et beau comme un grand reposoir ;
Le soleil s'est noyé dans son sang qui se fige.

Un cœur tendre, qui hait le néant vaste et noir,
Du passé lumineux recueille tout vestige !
Le soleil s'est noyé dans son sang qui se fige...
Ton souvenir en moi luit comme un ostensoir !

PISTES POUR UNE LECTURE METHODIQUE

1. SIGNIFICATION DU TITRE ET STRUCTURE DU POÈME

Ce poème trouve à juste titre sa place dans la section « Spleen et Idéal » car la douleur du poète se métamorphose en une extase esthétique et mystique. Baudelaire utilise ici une forme bien particulière : le pantoum, poème d'origine malaise, à rimes croisées. La forme de ce poème est particulière : le second et le quatrième vers de chaque strophe sont repris comme premier et troisième vers de la strophe suivante. Les rimes croisées mêlent savamment impressions de beauté et de tristesse et provoquent ce sentiment d'harmonie qui donne son titre au poème : « Harmonie du soir ». Le pantoum confère enfin au poème son extrême musicalité.

La reprise de vers identiques structure la progression du poème et nuance les tonalités propres à chaque strophe.

La première strophe, à partir des motifs de la fleur et de la valse, évoque l'atmosphère du soir faite d'ivresse sensuelle (« Les sons et les parfums tournent dans l'air du soir », v. 3) et de tristesse (« Valse mélancolique », v. 4).

La deuxième strophe reprend aux vers 1 et 3 les vers 2 et 4 de la strophe précédente, et donc les motifs de la fleur et de la valse. Mais les deux nouveaux vers (v. 6 et 8) viennent prolonger et approfondir la tonalité mélancolique de la première strophe par l'évocation du « violon [qui] frémit comme un cœur qu'on afflige » (v. 6) et du « ciel triste et beau comme un grand reposoir » (v. 8).

Dans la troisième strophe, la tristesse se transforme en une véritable angoisse, comme le montrent la peur du « néant vaste et noir » (v. 10) et l'image dramatique du « soleil [qui] s'est noyé dans son sang qui se fige » (v. 12).

Enfin la dernière strophe vient opposer aux éléments tragiques de la strophe précédente — encore présents aux vers 13 et 15 — un contrepoint rassurant et lumineux : le souvenir (« Ton souvenir en moi luit comme un ostensoir ! », v. 16). Aux ténèbres de l'angoisse, à la disparition du soleil succède la présence d'une lumière intérieure (« en moi », v. 16).

2. ÉTUDE DU LEXIQUE

• **Vocabulaire relatif aux impressions sensibles :**

– olfactives : « fleur » (v. 2, 5), « encensoir » (v. 2, 5), « parfums » (v. 3) ;

– auditives : « Les sons » (v. 3), « Valse mélancolique » (v. 4, 7), « violon » (v. 6, 9) ;

– visuelles : notations de mouvement (balancement de la fleur, v. 1), et de l'encensoir, v. 2, tournoiement de la valse, v. 4, 7, ou de lumière, v. 10, 16.

• **Vocabulaire affectif :**

L'émotion du poète naît de la confusion de deux époques et de deux lieux. Baudelaire met en surimpression la contemplation actuelle et solitaire du ciel nocturne et l'évocation d'un bal ayant eu lieu jadis. L'allusion à la « Valse » (v. 4), au « langoureux vertige » (v. 4), à une femme aimée et disparue (désignée par un adjectif possessif de la deuxième personne : « Ton souvenir », v. 16), ressuscite tout un univers amoureux. Le cœur, siège de la sensibilité, est nommé à quatre reprises (v, 6, 9, 10, 13) et sa vulnérabilité est soulignée par l'épithète « tendre » (v. 10, 13).

• **Vocabulaire religieux :**

On trouve plusieurs termes désignant des objets du culte catholique : l' « encensoir » (v. 2, 5), le « reposoir [1] » (v, 8, 11) et l' « ostensoir [2] » (v. 16). On remarque encore l'ouverture du poème sur un tour fréquent dans la Bible : « Voici venir les temps... »

L'étude du lexique nous a ainsi révélé une triple approche du soir. L'appréhension sensorielle trouve son prolongement dans des émotions d'ordre affectif, ellesmêmes redoublées par un état de contemplation quasi

---

1. C'est un support en forme d'autel sur lequel on dépose le Saint-Sacrement au cours d'une procession.
2. C'est une pièce d'orfèvrerie destinée à contenir l'hostie sacrée.

mystique. Au dernier vers, en effet, le souvenir s'apparente à une révélation qui vient éclairer l'âme du poète.

3. ÉTUDE DES THÈMES

Les correspondances

La réussite de ce poème repose pour une grande part sur l'impression d'unité qui s'en dégage, unité essentiellement fondée sur la poétique des correspondances entre :

– les diverses sensations : le tourbillon de la valse (« les sons et les parfums tournent dans l'air du soir », v. 3) provoque un jeu d'échanges entre les diverses sensations olfactives, visuelles et auditives, un « langoureux vertige » (v. 4, 7) ;

– l'atmosphère du soir et l'état d'âme du poète : l'atmosphère nocturne révèle au poète ses sentiments ; la valse, « mélancolique », lui fait prendre conscience de sa propre tristesse ; à son tour, l'auteur projette son angoisse et sa souffrance sur le paysage ; son malaise apparaît dans la comparaison subjective du « violon [qui] frémit comme un cœur qu'on afflige » (v. 6, 9) et dans la vision du soleil « noyé dans son sang qui se fige » (v. 12, 15) (cf. étude des images, p. 65) ;

– le plan terrestre et le plan céleste : le vocabulaire religieux fait apparaître une troisième correspondance entre le monde naturel et le monde spirituel ; chaque impression sensible (frémissement de la fleur « vibrant sur sa tige », v. 1 ; tremblement du violon qui « frémit », v. 6) n'est que la manifestation tangible, matérielle, du principe même de l'Être ; le poète peut ainsi saisir la mystérieuse palpitation de la vie originelle[1].

---

1. La poésie baudelairienne est mystique en ce qu'elle cherche à percer, à nommer le mystère des choses, à déceler leur vie secrète, leur existence profonde.

L'univers du spleen

Baudelaire éprouve fréquemment un dégoût de l'existence où se mêlent l'angoisse et l'ennui : le spleen. On le retrouve ici dans le peur des ténèbres et dans la hantise du vide conjuguées dans l'expression « néant vaste et noir » (v. 10). Mais le « soir » procure aussi l'apaisement par le biais du souvenir.

Le rôle du souvenir

L'attachement au souvenir se lit dans le mot « vestige » (v. 14) qui désigne une trace du passé d'autant plus précieuse qu'elle est infime ; puis dans le verbe recueillir (v. 14), qui signifie rassembler avec un soin quasi religieux. Enfin, l'évocation de l'ostensoir (v. 16) souligne, par la référence à l'hostie, le pouvoir de résurrection du souvenir (comme le Christ, il ne meurt pas).

La beauté et la volupté

L'émotion suscitée par l'atmosphère du soir est complexe : souffrance et volupté sont étroitement mêlées. Le « langoureux vertige » (v. 4, 7) évoque à la fois malaise (« vertige ») et volupté (« langoureux »).

De plus, les diverses émotions esthétiques (musique du violon, contemplation du ciel) sont toujours liées à un sentiment de tristesse. L'alliance de mots « triste et beau » (v. 8) rappelle la définition que Baudelaire donne de sa conception du beau dans « Fusées » :

> C'est quelque chose d'ardent et de triste [...] qui fait rêver à la fois de volupté et de tristesse

4. ÉTUDE DES IMAGES ET DES COMPARAISONS

• **On distingue deux métaphores :** celle de la noyade et celle du sang (« Le soleil s'est noyé dans son sang qui se fige... », v. 12, 15). La première présente la dissolution du soleil couchant comme un anéantissement. Quant à l'image du sang, elle est appelée par une analogie entre la couleur rouge et celle du soleil couchant. Mais elle révèle aussi la projection d'une impression personnelle : celle d'un arrêt du cœur ; le sang, symbole de vie, renvoie ici à la mort.

• **Les comparaisons sont plus nombreuses :** elles jouent un rôle essentiel. Relevons-les tout d'abord :

> Chaque fleur s'évapore ainsi qu'un encensoir (v. 2, 5)
> Le violon frémit comme un cœur qu'on afflige (v. 6, 9)
> Le ciel est triste et beau comme un grand reposoir (v. 8, 11)
> Ton souvenir en moi luit comme un ostensoir ! (v. 16)

Nous sommes immédiatement frappés par la similitude de trois comparants (« encensoir », « reposoir », « ostensoir »), termes empruntés à la liturgie ; tous possèdent la même sonorité finale. On peut en conclure que la comparaison a pour but de nous faire accéder à un autre plan de réalité, religieux, mystique (cf. thème : « La beauté et la volupté », p. 64).

5. ÉTUDE DU RYTHME ET DES SONORITÉS

Les effets tirés du pantoum

• **Un effet incantatoire**

La répétition des mêmes vers parvient, par la reprise de formules quasi magiques, à rendre sensible l'ivresse envoûtante du soir. De plus, le nombre réduit de rimes (il n'y a que deux sortes de rimes en « ige » et « oir » dans tout le poème) souligne la présence obsessionnelle du « soir », véritable leitmotiv sonore de tout le poème.

• **Un effet mimétique**

(La forme du poème semble pour ainsi dire mimer son contenu.) En effet, le mouvement grisant du pantoum reprend, sur le plan musical, l'ivresse du tournoiement de la valse.

Le rythme du vers

L'harmonie du soir est rendue sensible par la scansion régulière de l'alexandrin (segmenté 6/6). La coupe centrale du vers (appelée césure) permet de mettre en valeur les mots placés devant ou derrière elle. Cette position est surtout occupée par les verbes qui irradient ainsi leur mouvement dans tout le vers :

> Chaque fleur *s'évapore* / ainsi qu'un encensoir (v. 2)
> Le violon *frémit* / comme un cœur qu'on afflige (v. 6)
> Ton souvenir en moi / *luit* comme un ostensoir (v. 16)

On trouve aussi des effets de chiasme (c'est-à-dire de symétrie croisée) :

> Valse *mélancolique* et *langoureux* vertige ! (v. 7)

Le chiasme souligne la relation de cause à effet valse-vertige (encore renforcée par l'allitération en *v*) et l'alliance de mots « mélancolique et langoureux ».

Enfin la diérèse (on dit le « vi/olon frémit » en comptant trois syllabes pour le mot « violon » au lieu de deux) suggère, par la dissociation du « i » et du « on », le déchirement affectif produit par la musique.

Étude des sonorités

Les assonances en *i*, son aigu, traduisent les impressions les plus ténues (« vibrant sur sa tige ») ou l'acuité de la souffrance (« afflige », v. 6 ; « fige », v. 12).

Le jeu allitératif est aussi très suggestif. L'allitération en *v* du vers 1 rend sensible la vibration provoquée par le souffle du vent :

> *V*oici *v*enir les temps où *v*ibrant sur sa tige

La fluidité musicale de la valse est enfin rendue par l'allitération des liquides (*l* et *r*) :

> Va*l*se mé*l*anco*l*ique et *l*angoureux ve*r*tige ! (v. 4, 7)

Plan pour un commentaire composé

1. LA SOUFFRANCE DU POÈTE

a) Une souffrance amoureuse provoquée par le temps et par l'absence (cf. l'étude du lexique, p. 62 ; la structure du poème, p. 60 ; l'étude des sonorités (diérèse et assonance en *i*, p. 65).
b) Angoisse et spleen (cf. « L'univers du spleen », p. 64 ; l'étude des images, p. 64).

2. AMBIGUÏTÉ DE CETTE SOUFFRANCE

a) Ambivalence du souvenir (cf. « Le rôle du souvenir », p. 64).
b) Souffrance et volupté sont indissociables (cf. « La beauté et la volupté », p. 64, et alliance de mots « mélancolique et langoureux », p. 66 ; l'étude des sonorités, p. 66).

3. SUBLIMATION DE LA SOUFFRANCE

a) Métamorphose par la poésie : la souffrance se change en beauté, la mélancolie devient émotion esthétique (cf. « Les correspondances », p. 63 ; étude de l'harmonie créée par les correspondances ; « La beauté et la volupté », p. 64 ; l'analyse du titre + les effets du pantoum, p. 60).
b) Métamorphose par le sentiment religieux (cf. l'étude du vocabulaire religieux, p. 62 ; « Les correspondances » (correspondances verticales), p. 63 ; l'étude des comparaisons, p. 65).

9 L'Invitation au voyage

Mon enfant, ma sœur,
Songe à la douceur
D'aller là-bas vivre ensemble !
Aimer à loisir,
Aimer et mourir
Au pays qui te ressemble !
Les soleils mouillés
De ces ciels brouillés
Pour mon esprit ont les charmes
Si mystérieux
De tes traîtres yeux,
Brillant à travers leurs larmes.

Là, tout n'est qu'ordre et beauté,
Luxe, calme et volupté.

Des meubles luisants,
Polis par les ans,
Décoreraient notre chambre ;
Les plus rares fleurs
Mêlant leurs odeurs
Aux vagues senteurs de l'ambre,
Les riches plafonds,
Les miroirs profonds,
La splendeur orientale,
Tout y parlerait
A l'âme en secret
Sa douce langue natale.

Là, tout n est qu ordre et beauté,
Luxe, calme et volupté.

Vois sur ces canaux
Dormir ces vaisseaux
Dont l'humeur est vagabonde ;
C'est pour assouvir
Ton moindre désir
Qu'ils viennent du bout du monde.
— Les soleils couchants
Revêtent les champs,
Les canaux, la ville entière,
D'hyacinthe et d'or ;
Le monde s'endort
Dans une chaude lumière.

Là, tout n'est qu'ordre et beauté,
Luxe, calme et volupté.

PLAN REDIGE

(pour un commentaire composé)

INTRODUCTION

« L'Invitation au voyage », poème extrait de la section « Spleen et Idéal », s'inscrit dans la partie consacrée à l'Idéal ; il appartient plus précisément au cycle de Marie Daubrun, jeune actrice que connut Baudelaire en 1856, évoquée à travers ses mystérieux yeux verts.

Cette invitation au voyage prend le triple visage d'un lieu magique, d'un paradis originel et du bonheur sensible tel que Baudelaire le conçoit.

1. L'INVITATION AU VOYAGE OU LA MAGIE D'UN LIEU

Un lieu miroir : la correspondance femme-paysage

L'invitation au voyage :

Mon enfant, ma sœur,
Songe à la douceur
D'aller là-bas vivre ensemble. (v. 1 à 3)

repose sur une correspondance étroite établie entre la femme et le paysage :

Au pays qui te ressemble ! (v. 6)

Cette correspondance se trouve aussitôt explicitée dans le deuxième sizain (v. 7 à 12), de la première strophe. Dans les « ciels brouillés » (v. 8), comme dans les yeux de Marie Daubrun, on retrouve des éléments identiques : le feu et l'eau. Les « yeux/Brillant [éclat, feu] à travers leurs larmes » (eau) (v. 11-12) évoquent « Les soleils mouillés » (feu, eau) (v. 7) d'une contrée mystérieuse.

Regard et paysage exercent une même fascination sur l'esprit du poète :

Les soleils mouillés
De ces ciels brouillés
Pour mon esprit ont les charmes
Si mystérieux
De tes traîtres yeux

L'attrait éprouvé par le poète est rendu sensible par l'adverbe d'intensité « si » et l'effet expressif créé par la diérèse (« mysté$\underline{ri}_{1}$/$\underline{eu}_{2}$x »). Regard et paysage se révèlent également propices à la rêverie, car leur éclat voilé suggère un mystère à percer, un au-delà dissimulé derrière le brouillard et les larmes. Ce charme qui captive le poète se révèle à la fois d'ordre esthétique — le mot « ciels » est un terme de peinture — et d'ordre affectif, puisqu'il s'agit du regard de la femme aimée. On remarque que la femme joue un rôle unificateur puisque le voyage part de la femme pour revenir à elle dans la dernière strophe :

> Vois sur ces canaux
> Dormir ces vaisseaux
> [...]
> C'est pour assouvir
> Ton moindre désir
> Qu'ils viennent du bout du monde.

Une relation fusionnelle

L'évocation de ce pays idéal est inspirée, suscitée par la présence de Marie Daubrun. C'est elle qui, par sa douceur, son mystère, provoque la rêverie, la circonscrit dans un lieu, « là-bas » (v. 3), et lui fixe un objectif : « vivre ensemble », « aimer à loisir », « aimer et mourir » (v. 3 à 5).

La femme, inspiratrice et accompagnatrice, est ici présentée de manière idéalisée. Femme-enfant à protéger (« Mon enfant », v. 1), âme-sœur figurée comme le double et l'égale du poète (« ma sœur », v. 1), source de « douceur » (v. 2), elle permet une relation fusionnelle (« vivre ensemble », v. 3), annulant tout sentiment d'individualité ou de solitude. Même l'allusion à ses « traîtres yeux » (v. 11) souligne moins une duplicité, une perversité qu'un charme puissant et invincible.

Un lieu idéal parce qu'imaginaire

L'étude des verbes nous révèle que le pays évoqué par Baudelaire est d'abord un pays créé par son imagination. Le verbe « Songe », moteur du poème, témoigne de la prééminence de l'imaginaire. Le jeu des modes et des temps renforce cette impression.

L'impératif « Songe », comme le conditionnel « Décoreraient » (v. 17), « parlerait » (v. 24), font allusion à des actions possibles, certes, mais encore irréalisées. Pourtant, le pouvoir de l'imaginaire s'impose dans la troisième strophe : on passe de « Songe » à « Vois » et le présent de l'indicatif (« viennent », « Revêtent ») succède au conditionnel.

La rêverie se voit aussi facilitée par la forme même du poème. Les longues strophes, composées de deux sizains, permettent le déploiement de la vision. Le vers impair — on trouve des pentasyllabes (vers de cinq syllabes) et des heptasyllabes (vers de sept syllabes) —, plus souple que le vers pair, rend mieux le mouvement de la rêverie et favorise donc l'invitation au voyage. Ces vers courts renforcent par ailleurs la mélodie grâce au retour fréquent des mêmes sonorités. Il en résulte un effet de bercement qui porte la rêverie.

Notons enfin que le rêve s'impose en s'ancrant dans la réalité d'un pays. Quelques éléments nous indiquent qu'il s'agit d'un pays du Nord (les « ciels brouillés », v. 8) aux vertus domestiques — l'ordre, le calme et un soin extrême règnent dans les intérieurs. L'allusion aux « canaux » (v. 29) fait penser à une ville maritime. Le poème en prose du même titre nous révèle l'identité de ce pays : la Hollande.

2. LE PARADIS BAUDELAIRIEN

Un paradis originel

Par une allusion à la « langue natale » (v. 26), Baudelaire fait référence au paradis originel, à l'Éden biblique où vécurent Adam et Ève avant de commettre le péché originel. Celui-ci ne peut donc être qu'un paradis perdu, un « jadis » déjà évoqué dans plusieurs poèmes (« J'aime le souvenir de ces époques nues » ou « La Vie antérieure »). Ce retour aux origines s'effectue par la magie du lieu et de la femme ; leur correspondance est d'ailleurs soulignée par une analogie entre la douceur de la femme et celle de la langue.

Le poème se présente encore comme une évasion hors du temps, source constante d'angoisse chez le poète. L'amour est ici préservé de la dégradation liée au temps, comme le soulignent les rimes de ce distique :

> Aimer à loisir
> Aimer et mourir (v. 4-5)

Aimer à loisir signifie que les amants peuvent s'aimer en toute liberté, sans contrainte temporelle, et le verbe mourir suggère l'anéantissement définitif. Notons encore la présence significative de verbes à l'infinitif, « vivre », « aimer », « mourir » qui empêche toute actualisation dans une période précise (passé, présent ou futur). Enfin, l'impression de bercement qui domine tout le poème suggère un temps étale, proche de l'éternité.

La tentation exotique

Le paradis baudelairien prend la forme d'une évasion non seulement dans le temps mais aussi dans l'espace. Au « jadis » vient se greffer un « ailleurs » évoqué dès le vers 3 :

> Songe à la douceur
> D'aller *là-bas* vivre ensemble. (v. 2-3)

L'imprécision de la locution adverbiale est significative : « là-bas » ne représente le lieu idéal que parce qu'il s'oppose à ici, c'est-à-dire à la réalité présente.

Cet ailleurs prend une coloration exotique. On y respire « les vagues senteurs de l'ambre » (v. 20) et les « miroirs profonds » sont chargés de « splendeur orientale » (v. 23). L'exotisme, conformément à son étymologie (*exô*, en grec, signifie hors de), remplit ici parfaitement sa fonction d'évasion. La référence à l'Orient, symbole de l'ailleurs, se double aussi d'un retour aux origines. A l'image de nombreux écrivains romantiques comme Chateaubriand ou Nerval, Baudelaire perçoit l'Orient comme un retour aux sources de la civilisation judéo-chrétienne, comme le berceau culturel et religieux de l'Occident. Ainsi pourraient s'expliquer les rimes des vers 23 et 26 « orientale »/« natale ».

La réconciliation des contraires

Le poème repose sur une articulation constante du clos et de l'ouvert. Curieusement, ce voyage se déroule dans un espace fermé, qu'il s'agisse de la clôture d'un regard (strophe 1), de l'intérieur d'une chambre (strophe 2). Mais dans chaque strophe, l'espace vient à s'ouvrir par un jeu de correspondances. Dans la première strophe, le regard de Marie Daubrun conduit à l'évocation d'un paysage hollandais. Dans la deuxième strophe, l'espace intime de la chambre semble se décupler à l'infini par le pouvoir de propagation des parfums et par l'effet agrandissant des miroirs. Enfin, aussi bien dans la deuxième strophe que dans la troisième, décor et paysage hollandais font penser à l'Orient. Dans le poème en prose du même titre, Baudelaire ne présente-t-il pas ce « pays singulier » comme « L'Orient de l'Occident, la Chine de l'Europe » ?

Ce pays incarne en fait l'essence du voyage baudelairien : être à jamais une invitation au voyage, une promesse de voyage. Les vaisseaux ne partent pas mais [re] « viennent du bout du monde » (v. 34) ; ils ne voyagent pas mais se contentent d'évoquer le voyage :

> Vois sur ces canaux
> Dormir ces vaisseaux
> Dont l'humeur est vagabonde (v. 29 à 31)

Ces vaisseaux personnifiés (« dormir », « humeur vagabonde ») sont identiques au poète qui, à l'exception d'un voyage de sept mois fait en 1841-1842 à l'île de la Réunion et à l'île Maurice — voyage auquel il mit un terme volontairement —, ne quitta un jour Paris que pour mourir en Belgique.

3. LES COMPOSANTES SENSIBLES, ÉTHIQUES[1] ET ESTHÉTIQUES[2] DU BONHEUR BAUDELAIRIEN

La richesse des sensations

Ce poème est dominé par deux sensations : l'odorat et surtout la vue. Les sensations se caractérisent par leur richesse, comme le montrent la fréquence des pluriels (« Mêlant leurs odeurs / Aux vagues senteurs de l'ambre », v. 19-20, « riches plafonds », v. 21, « miroirs profonds », v. 22) ou l'idée de profusion associée à des termes singuliers (« Luxe », « splendeur », « volupté »). Il s'agit de sensations raffinées (« Les plus *rares* fleurs », v. 18) qui s'enrichissent en se mêlant les unes aux autres (v. 19-20).

Cette harmonie et cette unité du décor apparaissent dans le tissu sonore extrêmement homogène des vers. Ainsi, toute la deuxième strophe est-elle dominée par les allitérations de consonnes continues (liquide, *l* et vibrantes, *r*) :

Les plus rares fleurs
Mêlant leurs odeurs (v. 18-19)

De même, les assonances en *a*, *an*, *eu* et *è* sont nombreuses (« fleurs », « leurs », « odeurs ») et l'on remarque des profils phonétiques presque identiques : « luisants »/« les ans » (v. 15-16), « plafonds »/« profonds » (v. 21-22).

Cette correspondance entre les sons traduit celle qui existe entre le poète et ce lieu privilégié :

Tout y parlerait
A l'âme en secret
Sa douce langue natale (v. 24 à 26)

---

1. Art de diriger sa conduite dans l'existence, morale.
2. Conception du beau.

Le bonheur est encore lié à une certaine qualité de lumière. Faite ici d'« hyacinthe » (v. 38) — il s'agit d'une pierre précieuse d'un jaune tirant sur le rouge — « et d'or » (v. 38), c'est-à-dire de pierre et de métal précieux, elle possède la splendeur des « soleils couchants » (v. 35). C'est aussi « une chaude lumière » (v. 40) qui s'oppose aux froides ténèbres du spleen, évoquées dans « Chant d'automne ».

Les mots clés de l'éthique et de l'esthétique baudelairiennes

Les substantifs du refrain définissent l'éthique et l'esthétique baudelairiennes en excluant toute autre caractérisation possible :

> Là, tout n'est qu'ordre et beauté,
> Luxe, calme et volupté. (v. 13-14, v. 27-28, v. 41-42)

Le pronom indéfini de la totalité « tout », et le tour restrictif « n'[e]... que » mettent en évidence le caractère synthétique de cette définition.

Le bonheur repose sur une vie sensuelle, raffinée, comme l'indiquent les notions de « luxe » et de « volupté » — terme d'ailleurs mis en valeur par l'effet d'allongement créé en fin de vers : « Luxe, calme et volupté ». Mais cette existence est aussi maîtrisée, le calme sait y régner. Les mots « beauté » et « volupté », qui se font écho à la rime, sont tous deux associés à des notions de maîtrise et d'harmonie : « ordre et beauté », « calme et volupté ». L'idéal existentiel et l'image du beau sont dominés par une exigence de rigueur et de discipline. Cette idée est rendue sensible par le rythme même du vers 13 qui possède la régularité d'un hémistiche d'alexandrin :

> Là, tout n'est qu'ordre et beauté
> 1 6

Le calme de cet univers et la paix de l'âme triomphent dans la troisième strophe, placée sous le signe de la satisfaction et de la plénitude. Les vaisseaux reviennent du bout du monde « pour assouvir [le] moindre désir » (v. 32-33) de la femme aimée ; on les voit « dormir » sur les canaux :

> Le monde s'endort
> Dans une chaude lumière. (v. 39-40)

Un univers harmonieux

L'harmonie qui se dégage repose d'abord sur la construction en triptyque (tableau composé de trois panneaux) du poème. Celui-ci comporte trois strophes — elles-mêmes composées de deux sizains à rimes régulières (aabccb) — séparées l'une de l'autre par le refrain. Chacune marque une étape dans la progression du poème. La première formule l'invitation au voyage en posant l'analogie femme-paysage ; la deuxième évoque un intérieur hollandais secret, raffiné, présenté dans ses affinités avec l'âme du poète ; la troisième décrit un paysage extérieur : la ville au soleil couchant.

Plusieurs indices confirment cette approche picturale : l'emploi du mot « ciels » (v. 8) au pluriel (terme de peinture désignant la partie du tableau représentant le ciel), l'allusion aux « miroirs profonds » (v. 22), suggérant le jeu de miroirs caractéristique de la peinture hollandaise et le champ lexical de la couleur et de la lumière (« Brillant », v. 12, « luisants », v. 15, « soleils couchants », v. 35, « hyacinthe et d'or », v. 38, « chaude lumière », v. 40).

Dans la première et la troisième strophe, on songe aux toiles de Ruysdael, peintre hollandais du XVIIe siècle, connu pour ses ciels immenses, ses atmosphères brumeuses laissant filtrer avec finesse la lumière ou la splendeur de ses soleils couchants. La deuxième strophe rappelle les scènes d'intérieur de Vermeer, peintre de la même époque.

La structure rythmique du poème, le jeu des rimes et des sonorités contribuent à susciter une impression de bercement et de plénitude dans cette invitation au voyage. L'alternance de pentasyllabes et d'heptasyllabes (deux vers de cinq pieds, suivis d'un vers de sept pieds) crée un jeu subtil de différence et de répétition renforçant la mélodie du poème. Les distiques (groupe de deux vers) de pentasyllabes créent des échos sonores rapprochés jouant sur l'équivalence des sons et du sens : « sœur »/« douceur » (v. 1-2), « loisir »/« mourir » (v. 4-5), « mouillés »/« brouillés » (v. 7-8), tandis que les heptasyllabes viennent encadrer les distiques et rimer entre eux pour souligner et prolonger les correspondances : « ensemble »/« ressemble » (v. 3 et 6), « orientale »/« natale » (v. 23 et 26), « vagabonde »/« du monde » (v. 31 et 34).

CONCLUSION

« L'Invitation au voyage » réalise un rêve baudelairien : la rencontre d'une femme et d'un lieu idéal susceptibles de satisfaire son âme en mal d'absolu. Ce but est ici atteint par le jeu infini des correspondances entre la femme et le paysage, entre la femme et le poète, entre le paysage et l'âme du poète qui se reflète à son tour dans la composition picturale et la structure musicale du poème.

Mais cette réconciliation entre le poète et l'univers laisse sans cesse entrevoir son caractère imaginaire. Virtuel, le voyage répond à tous les désirs du poète. Actualisé, réalisé, il est toujours déception. Le port ou son substitut, le canal, en sont les deux figures privilégiées car ils ne font que l'annoncer.

10 Chant d'automne

I

Bientôt nous plongerons dans les froides ténèbres ;
Adieu, vive clarté de nos étés trop courts !
J'entends déjà tomber avec des chocs funèbres
Le bois retentissant sur le pavé des cours.

Tout l'hiver va rentrer dans mon être : colère,
Haine, frissons, horreur, labeur dur et forcé,
Et, comme le soleil dans son enfer polaire,
Mon cœur ne sera plus qu'un bloc rouge et glacé.

J'écoute en frémissant chaque bûche qui tombe ;
L'échafaud qu'on bâtit n'a pas d'écho plus sourd.
Mon esprit est pareil à la tour qui succombe
Sous les coups du bélier infatigable et lourd.

Il me semble, bercé par ce choc monotone,
Qu'on cloue en grande hâte un cercueil quelque part.
Pour qui ? — C'était hier l'été ; voici l'automne !
Ce bruit mystérieux sonne comme un départ.

II

J'aime de vos longs yeux la lumière verdâtre,
Douce beauté, mais tout aujourd'hui m'est amer,
Et rien, ni votre amour, ni le boudoir, ni l'âtre,
Ne me vaut le soleil rayonnant sur la mer.

Et pourtant aimez-moi, tendre cœur ! soyez mère
Même pour un ingrat, même pour un méchant ;
Amante ou sœur, soyez la douceur éphémère
D'un glorieux automne ou d'un soleil couchant.

Courte tâche ! La tombe attend ; elle est avide !
Ah ! laissez-moi, mon front posé sur vos genoux,
Goûter, en regrettant l'été blanc et torride,
De l'arrière-saison le rayon jaune et doux !

COMMENTAIRE COMPOSE

INTRODUCTION[1]

« Chant d'automne », poème LVI de la section « Spleen et Idéal », est directement inspiré par Marie Daubrun, « l'amie », la « sœur » évoquée dans « L'Invitation au voyage ». Ce texte comporte deux parties : la première, composée des quatre premières strophes, insiste sur la vieillesse et la mort suggérées par une série d'impressions négatives ; la seconde, faite des trois dernières strophes, déplore la fuite du temps, mais sur un mode mineur cette fois-ci, car la femme vient adoucir le spleen du poète, fait de mélancolie et d'un violent dégoût de l'existence. Le poème, d'abord tragique, devient élégiaque, c'est-à-dire pareil à une plainte. A l'angoisse exprimée dans les premiers quatrains succède, dans la seconde partie, la douceur d'un ultime bonheur apporté par la femme.

Nous étudierons donc les symptômes du spleen, puis ses composantes métaphysiques et enfin les différents moyens de le conjurer.

MANIFESTATIONS SENSIBLES ET PSYCHOLOGIQUES DU SPLEEN

Le spleen se présente d'abord comme la synthèse de plusieurs impressions sensibles. Il se révèle à la faveur

1. Voir ci-dessus note 1, p. 38.

d'un bruit, le choc du bois — que l'on fait rentrer pour l'hiver — « sur le pavé des cours » (v. 4). Un tel bruit annonce déjà l'hiver et, par association d'idées, l'état d'angoisse qui s'y rattache. En effet, cette sensation auditive ne trouve sa véritable signification que par l'interprétation qu'en fait Baudelaire. La perception du bruit, fortuite, accidentelle au départ : « J'entends » (v. 3), devient très vite l'objet d'une attention particulière : « J'écoute » (v. 9) et d'un déchiffrement effectué par l'imagination du poète (v. 13 et 14) :

> *Il me semble*, bercé par ce choc monotone,
> Qu'on cloue en grande hâte un cercueil quelque part.

L'impression de martèlement engendre les images de « l'échafaud » (v. 10) et du « cercueil » (v. 14). Leur présence s'explique par l'assimilation de l'hiver et de la mort dans la symbolique des saisons. En effet, la périphrase « froides ténèbres » (v. 1) désigne aussi bien l'hiver que la mort, d'ailleurs suggérée plus loin par l'adjectif « funèbres » (cf. « chocs funèbres », v. 3).

La sensation tactile de froid, liée elle aussi à l'hiver et à la mort, constitue la deuxième composante du spleen. Les « ténèbres » sont « froides » (v. 1), l' « enfer » (v. 7) est qualifié de « polaire » (v. 7) et le cœur du poète est « glacé » (v. 8). A ce réseau thématique du froid s'oppose celui de la chaleur, représenté par les « étés trop courts » (v. 2) et « le soleil rayonnant sur la mer » (v. 20).

Le contraste entre « les froides ténèbres » (v. 1) et l'évocation de « l'été blanc et torride » (v. 27) fait apparaître une troisième caractéristique du spleen : l'absence de lumière[1]. Ainsi l'auteur en déplore la fuite :

> Adieu, vive clarté de nos étés trop courts ! (v. 2)

Ces sensations négatives sont redoublées par une série d'impressions psychologiques correspondantes :

1. Le bonheur baudelairien se définit au contraire par une certaine qualité de lumière capable de se réfracter et de se propager à l'infini.

Tout l'hiver va rentrer dans mon être : colère,
Haine, frissons, horreur, labeur dur et forcé (v. 5-6)

Violence des sentiments (« colère », « haine »), « frissons » de l'âme angoissée, tout traduit l'épouvante, « l'horreur » éprouvée par un esprit que ronge son mal intérieur. On distingue même une montée progressive de la folie aux vers 11 et 12 :

Mon esprit est pareil à la tour qui succombe
Sous les coups du bélier infatigable et lourd.

LES COMPOSANTES MÉTAPHYSIQUES DU SPLEEN

Le spleen est en fait provoqué par le sentiment lancinant de la chute dans le temps qui aboutit inéluctablement à la mort. Le thème de la chute se profile en effet dès le premier vers. Le verbe « plonger » (v. 1) n'indique pas seulement un ensevelissement dans l'hiver, il esquisse aussi l'image du gouffre, symbole du néant où l'homme est englouti. Il s'agit d'un véritable leitmotiv : au vers 3, le verbe « tomber » reçoit l'accent à la fin de l'hémistiche ; au vers 9, le verbe « tombe », situé à la rime, annonce son homonyme de la seconde partie, « La tombe » (v. 25). L'image du gouffre, de la béance, se combine alors dans ce vers avec le thème de l'avidité et la figure de l'ogre :

[...] La tombe attend ; elle est avide ! (v. 25)

Cette impression de chute trouve son origine dans une conscience très aiguë de la faute originelle [1], suggérée ici par un fort sentiment de culpabilité (« même pour un *méchant* », v. 22).

Les conséquences de la faute ne se font pas attendre : l'homme échoue dans le temps et se voit

1. Il s'agit du péché originel commis par Adam et Ève et dont tout être humain est coupable en naissant.

condamné par sa condition mortelle. En effet, la fuite du temps, le sentiment de vieillesse prématurée — Baudelaire n'a que trente-neuf ans lorsqu'il écrit « Chant d'automne » — sont au cœur du spleen. Le retour constant des adverbes de temps traduit cette obsession : « bientôt » (v. 1), insiste sur la venue imminente de l'hiver ; l'adverbe d'intensité « trop » dans l'expression « étés trop courts » (v. 2) souligne la promptitude de cette fuite du temps ainsi que le complément « en grande hâte » (v. 14). Sa progression irrémédiable est également rendue sensible par le rythme précipité du vers 25 :

> Courte tâche ! La tombe attend ; elle est avide !
> 4 / 4 / 4

L'alexandrin perd ici son rythme binaire pour un rythme ternaire plus rapide. Cette accélération est renforcée par le martèlement de consonnes momentanées et brutales, les dentales *t* et *d* : « cour*t*e *t*âche », « *t*ombe », « a*tt*en*d* », « avi*d*e ». On aboutit alors à la confrontation nostalgique d'hier et d'aujourd'hui :

> [...] C'était hier l'été, voici l'automne ! (v. 15)

L'imparfait montre bien que cette période est définitivement révolue. Le thème du regret, esquissé ici, réapparaîtra dans la seconde partie :

> Ah ! laissez-moi [...]
> Goûter, en *regrettant* l'été blanc et torride,
> De l'arrière-saison le rayon jaune et doux ! (v. 26 à 28)

L'obsession du temps entraîne fatalement l'évocation de la mort. Elle s'insinue d'abord avec l'adjectif « funèbres » (v. 3), puis avec l'image des vers 7 et 8 :

> Et, comme le soleil dans son enfer polaire,
> Mon cœur ne sera plus qu'un *bloc rouge et glacé*

qui synthétise deux manifestations sensibles de la mort : le froid et l'immobilité. Les signes s'inversent : le soleil, source de chaleur et de vie, est prisonnier de la glace ; le sang, symbole lui aussi de vie, ne circule plus. Il se solidifie, devient « figé ». La mort est enfin représentée directement par l'évocation de « L'échafaud » (v. 10), du « cercueil » (v. 14) et de « La tombe » (v. 25).

LA FEMME OU l'ULTIME CONSOLATION

Baudelaire va chercher dans l'amour un moyen de conjurer le spleen. La seconde partie de « Chant d'automne » s'ouvre en effet sur une déclaration d'amour :

> *J'aime* de vos longs yeux la lumière verdâtre (v. 17)

La beauté du regard de Marie Daubrun pourrait être un dérivatif à l'angoisse ; mais le suffixe péjoratif de l'adjectif « verd*âtre* » déprécie l'éclat de sa beauté. De plus, la structure antithétique du vers 18 :

> Douce beauté, *mais* tout aujourd'hui m'est amer

soulignée par l'adversatif « mais » placé après la coupe, marque l'impossibilité d'une consolation amoureuse. Baudelaire rejette en effet tous les symboles de l'intimité, domestique (« l'âtre », v. 19) ou amoureuse (« le boudoir », v. 19). Il leur oppose la vision d'un paysage exotique, aimé et regretté, qui contraste radicalement avec l'image de la femme. Aux figures du clos et de l'intime, l'auteur substitue le symbole de l'infini, la mer :

> Et rien [...]
> Ne me vaut le soleil rayonnant sur la mer (v. 19-20)

La mer incarne la nostalgie d'un ailleurs, mais aussi la chaleur, la lumière grâce à la réverbération du soleil sur l'eau. Cette alliance étroite des éléments est rendue par l'allitération harmonieuse des nasales et des liquides : « rayo*nn*ant sur la *m*er ». La conjuration du spleen par la femme semble donc être un échec, car la lumière de l'âtre et celle des yeux de Marie sont d'une faible intensité quand on les expose à l'éclat du soleil.

Pourtant, l'angoisse baudelairienne est telle que le besoin d'une présence se fait pressant, comme le suggère la reprise insistante des impératifs : « aimez-moi »

(v. 21), « soyez mère » (v. 21), « laissez-moi, mon front posé sur vos genoux » (v. 26). L'ardeur de cette prière est encore rendue sensible par le cri « Ah ! » (v. 26) et les tours exclamatifs relevant d'une syntaxe affective.

Mais l'alternative « Amante ou sœur » (v. 23) montre l'indifférence du poète quand à la nature de cette relation. A défaut de passion, la tendresse suffit, celle d'une « Douce beauté » (v. 18), d'un « tendre cœur » (v. 21). Aussi est-ce bien la figure de la mère que Baudelaire sollicite : « soyez mère » (v. 21). A la relation maîtresse-amant se substitue une relation mère-enfant esquissée au vers 26 :

Ah ! laissez-moi, mon front posé sur vos genoux

Baudelaire s'adresse à la mère car elle seule peut le protéger, donner sans espoir de retour (« Même pour un ingrat », v. 22) et pardonner (« même pour un méchant », v. 22). La mère est donc bien la figure du don et du pardon. Cette image maternelle joue un rôle essentiel chez Baudelaire. Elle reflète non seulement l'attachement maladif du poète à sa mère, mais elle permet encore de renouer avec un monde d'innocence et de pureté, « le vert paradis des amours enfantines » du poème « Mœsta et errabunda ».

La femme se confond enfin avec l'automne. Le texte se clôt effectivement sur un chant d'automne à deux voix où se font alternativement entendre la nostalgie d'une intensité perdue et l'évocation d'une volupté éphémère et paisible représentée par « le rayon jaune et doux » « De l'arrière-saison » (v. 28). Ce plaisir précaire et tout en demi-teintes trouve son expression parfaite dans le motif de l'automne, symbole de l'ultime trêve avant le déclin définitif. Le moment de la journée évoqué confirme cette impression : comme l'automne, le « soleil couchant » (v. 24) représente les derniers feux de la vie. Leur apogée est suggérée par l'adjectif « glorieux » (« un glorieux automne », v. 24) et par l'embrasement du soleil quand il se couche ; mais leur affaiblissement est déjà sensible dans les contrastes blanc-jaune, torride-doux (v. 27-28). L'automne se colore néanmoins d'impressions positives, de douceur et de calme. L'extrême régularité du dernier vers, coupé 6/6 :

> De l'arrière-saison le rayon jaune et doux !
> 3 / 3 // 3 / 3
> 6 6

la fluidité de l'allitération en liquides traduisent cet apaisement.

CONCLUSION

Ce poème est donc à double titre un chant d'automne : il joue sur la correspondance abstraite automne-saison mentale du poète et sur l'analogie concrète douceur de l'automne-douceur de Marie. La signification du poème ne peut-elle pas alors s'inverser ? L'angoisse provoquée par la fuite du temps paraît se changer en une ultime satisfaction et la peur de la mort devient peut-être la promesse d'un ailleurs (v. 15-16) :

> [...] C'était hier l'été ; voici l'automne !
> Ce bruit mystérieux sonne *comme un départ*.

« Chant d'automne », certes, rappelle les poèmes du spleen : il en possède les composantes sensibles, psychologiques et métaphysiques. Mais l'originalité de ce poème consiste justement à transformer la dissonance initiale en une extrême harmonie, à tirer de la souffrance un chant du cygne dont la beauté repose sur un subtil jeu de correspondances entre l'état mental du poète, la saison et la femme aimée.

11 La Cloche fêlée

Il est amer et doux, pendant les nuits d'hiver,
D'écouter, près du feu qui palpite et qui fume,
Les souvenirs lointains lentement s'élever
Au bruit des carillons qui chantent dans la brume,

Bienheureuse la cloche au gosier vigoureux
Qui, malgré sa vieillesse, alerte et bien portante,
Jette fidèlement son cri religieux,
Ainsi qu'un vieux soldat qui veille sous la tente !

Moi, mon âme est fêlée, et lorsqu'en ses ennuis
Elle veut de ses chants peupler l'air froid des nuits,
Il arrive souvent que sa voix affaiblie

Semble le râle épais d'un blessé qu'on oublie
Au bord d'un lac de sang, sous un grand tas de morts,
Et qui meurt, sans bouger, dans d'immenses efforts.

LECTURE METHODIQUE

INTRODUCTION

Ce sonnet s'apparente étroitement aux quatre poèmes intitulés « Spleen » qui le suivent, dans l'ordre du recueil. Dans ces cinq pièces, le poète cherche à exprimer, par des images concrètes, quelquefois hallucinatoires, un malaise existentiel. Ici, le malaise est la fêlure de l'âme, comme l'annonce le titre et le révèle le vers 9. Pour définir cette fêlure, il faut d'abord observer qu'elle repose sur l'analogie de l'âme et de la cloche, qui constitue l'armature du texte. Il faut, dans un deuxième temps, analyser la valeur des comparaisons (v. 8 et v. 12 à 14) qui enrichissent cette analogie. On dégagera enfin le réseau des correspondances, à travers lequel apparaît la signification profonde du poème.

1. L'ANALOGIE ENTRE L'ÂME ET LA CLOCHE

Cette analogie apparaît explicitement au cœur du texte (v. 9) : « Moi, mon âme est fêlée. » L'adjectif s'applique communément à un objet de verre ou de bronze, une cloche par exemple. Donc ce vers central implique l'analogie directe : âme = cloche fêlée.

La préparation de l'analogie

Elle est subtilement opérée tout au long du premier quatrain. L'image de la cloche est annoncée par les « carillons » (v. 4), liés habituellement à l'idée de fête : d'où le verbe « chanter » que lui applique le poète. D'autre part, le chant des cloches est associé, dans ce quatrain, à la remémoration rêveuse du poète, il en constitue le contexte sonore : « Les souvenirs lointains » (v. 3) resurgissent « Au bruit des carillons » (v. 4), si bien que le son de la cloche est indissociable pour le rêveur d'un mouvement de retour sur lui-même et sur son passé. Or, pour Baudelaire, porté en vrai romantique à l'idéalisation du passé, ce souvenir équivaut à atteindre le moi profond. Le son de la cloche qui accompagne cette émergence du moi profond se trouve donc poétiquement préparé à entrer en analogie directe avec ce moi profond qui est « l'âme » (v. 9).

Observons le second quatrain : le motif de la cloche est l'objet d'une personnification progressive. Évoquer le « gosier » (v. 5) de la cloche pourrait passer pour une image anodine dans la mesure où l'on parle de la « voix » des cloches[1], sans sentir là de vraie métaphore. Mais les adjectifs « alerte » et « bien portante » (v. 6) sont impropres, logiquement, pour désigner un inanimé. Il y a donc personnification. Le poète a précisé l'orientation de l'analogie qu'il va développer : elle va rapprocher le chant de la cloche et la « voix affaiblie » (v. 11) du « je ».

Un système d'oppositions

Il est évident que le poète ne rapproche ces deux voix que pour mieux les opposer. Le champ lexical dont relève la cloche est celui de la joie et de la santé (« Bienheureuse », v. 5, « vigoureux », v. 5, « alerte », v. 6, « bien portante », v. 6) ; le champ lexical de l'âme contient l'idée de malaise (« fêlée », v. 9) puis de faiblesse (« affaiblie », v. 11). A la faveur de la comparaison finale, la blessure (« blessé », v. 12 ; « lac de sang », v. 13) fait son apparition, suivie de l'image obsédante de la mort (v. 13 et 14).

La structure analogique est héritée de la poésie de la Renaissance (Ronsard, Du Bellay) : les deux quatrains du sonnet sont consacrés au comparant, et les deux tercets au comparé (par ex. : éphémère beauté de la rose / vie éphémère de la jeune fille, chez Ronsard). L'originalité de Baudelaire consiste à opposer le comparé (l'âme) au comparant (la cloche), avec l'appui d'un élément commun, la voix. De plus, par le jeu des comparaisons, les tercets assurent la progression de l'angoisse vers l'horreur et l'hallucination. A partir de la simple opposition voix pleine/voix fêlée, l'évocation du comparé nous entraîne loin du malaise initial.

---

1. Le thème de la « voix » des cloches s'harmonisant avec la voix de la sensibilité est issu du romantisme de Chateaubriand *(Génie du christianisme)*.

2. LE RÔLE DES COMPARAISONS

Disposition des comparaisons

Elles sont au nombre de deux : la première (v. 8) rapproche le « cri » de la cloche et celui du soldat. Elle est introduite par la locution usuelle « ainsi que ». La seconde comparaison, beaucoup plus étendue, court sur trois vers, occupant tout le second tercet. Elle se rapporte cette fois à la « voix affaiblie » du « je », comparée au râle du blessé. Elle est reliée au premier tercet, par le verbe « sembler ». On voit que le poète a redoublé le système analogique (voix de la cloche / voix de l'âme) d'un système comparatif (cri du soldat / cri du mourant).

Signification des comparaisons

La première comparaison évoque en peu de mots un contexte militaire : le soldat en campagne (d'où l'abri de la tente) fait songer ici à la sentinelle de garde qui crie (pour la relève, par exemple). La notion de fidélité religieuse, appliquée au vers 7 à la cloche, est reprise, à propos du soldat, avec les termes de « vieux » et de « veille » qui suggèrent la longue fidélité de ce soldat à la discipline, religion de l'armée.

La seconde comparaison reprend ce même contexte (la nuit, l'armée en campagne) mais pour en faire apparaître la face cauchemardesque : à la solitude vaillante du soldat répond l'abandon d'un « blessé [anonyme] qu'on oublie » (v. 12) ; à l'affirmation de l'individu répond l'indifférenciation affreuse de ce « grand tas de morts » (v. 13) ; à l'idéal religieux s'oppose enfin la réalité d'un massacre (« Au bord d'un lac de sang », v. 13).

Admirons l'art avec lequel la comparaison prend son autonomie : on part d'une réalité auditive (la voix / le râle), puis dans le clair-obscur on discerne un personnage (le « blessé »), une tache colorée rouge sombre (« lac de sang »), enfin un amas dans l'ombre (« tas de morts »). Le dernier vers nous fait pénétrer dans les sensations internes mêmes du blessé, dans sa souffrance mentale : immobilité du corps (« sans bouger », v. 14) et lutte de l'agonie (« immenses efforts », v. 14).

Le système des comparaisons fait donc virer l'image du « je » de la simple faiblesse (« voix affaiblie », v. 11) à la morbidité la plus angoissée et la plus hallucinée. Grâce à la seconde comparaison, l'imagination du poète a libre accès au thème central du spleen ; la victoire de la souffrance et de la mort sur « je » impuissant à créer.

3. UN TISSU DE CORRESPONDANCES

Les correspondances baudelairiennes ne relient pas seulement différents ordres de sensations, ou le sensuel ou le spirituel (cf. « Correspondances » ci-dessus, p. 13), elles unissent aussi l'intériorité du « je » et le décor, l'ordre psychologique et l'ordre physique. Elles sont si nombreuses dans « La Cloche fêlée » qu'on peut parler d'un véritable tissu de correspondances.

Intériorité et décor

Le premier quatrain offre un superbe exemple de correspondances entre une tonalité psychologique subtile, d'une part, et un décor visuel et sonore, d'autre part. « Il est amer et doux... » : l'amertume s'explique par la conscience du temps infini, peut-être gâché ; la douceur, par l'exercice même de la remémoration, apaisant et embellissant (cf. ci-dessus, « Le Balcon », p. 52). On voit alors le décor se distribuer selon ces deux axes : à l'amertume correspondent l'hiver, le froid, la nuit, la brume, éléments bien connus du spleen ; à la douceur correspondent la quiétude au coin du feu, le « chant » des carillons. Un brouillage subtil s'opère entre l'intériorité du « je » et la sensation sonore qui lui est concomitante : « *écouter* [...] / Les souvenirs [...] s'élever » (v. 2-3) est une expression qu'explique la simultanéité de l'audition des cloches et de la remémoration. Et le feu « palpite » (v. 2), en correspondance avec le cœur qui tressaille quand surgit le souvenir...

Le rythme, dans sa lenteur calculée, évoque à merveille l'atmosphère songeuse de la scène. La charpente logique de la phrase est : « Il est amer et doux [...] / d'écouter [...] / Les souvenirs [...] s'élever ». Trois groupes circonstanciels lui sont adjoints, qui ralentissent et alanguissent le mouvement, en occupant deux vers et demi sur quatre. D'autre part, le quatrain est parcouru par un système de retours phoniques : au vers 1, les rimes intérieures am*er*/hiv*er* ; au vers 2, les allitérations en *p*/*f* (« *p*rès du *f*eu qui *p*al*p*ite et qui *f*ume ») crépitent doucement ; au vers 3, on entend les allitérations en *s*/*l*/*v* (« Les *s*ou*v*enirs *l*ointains / *l*entement *s*'é*l*e*v*er ») se faire écho d'un hémistiche à l'autre, de même que le son de la cloche réveille l'écho des souvenirs...

Réalité psychologique et sensation physique

La réalité psychologique dominante est ici le sentiment d'impuissance créatrice du poète. Cela est indiqué par le motif de la « voix affaiblie » (v. 11), renforcé par la mention des « chants » (v. 12) : la voix du poète, c'est à la fois son inspiration et son expression en poèmes lyriques baptisés, peut-être par dérision, « chants ». Le sonnet évoque donc l'affaiblissement de l'inspiration, conduisant aux « immenses efforts » (v. 14) stériles et à la mort spirituelle.

Tout le génie du poète a consisté à transposer dans le registre de la sensation physique ce sentiment moral. La solitude du blessé qui gémit dans le froid correspond à la solitude du poète incompris et impuissant : la chaleur spirituelle de l'inspiration s'est retirée de lui. Le vers final repose sur une extraordinaire sensation interne : le cerveau ne parvient plus à commander le mouvement au corps (« sans bouger ») et pourtant la sensation d' « efforts » parvient encore à la conscience. La correspondance est frappante avec la défaillance du créateur, qui s'abîme dans la stérilité, mais garde assez de lucidité pour contempler son agonie (étymologiquement, lutte). La réalisation poétique ne répond plus aux « immenses efforts » d'un cerveau malade.

Sur le plan de la forme, on observera que le vers 13 :

> Au bord d'un lac de sang, sous un grand tas de morts

est uniquement composé de monosyllabes, qui donnent au rythme quelque chose de lourd, haché et monotone ; monotonie renforcée par l'écho des sonorités, retentissant comme un glas d'un hémistiche à l'autre : b*or*d / m*or*ts, l*ac* / t*as*, s*an*g / gr*an*d. Un effet de même nature est sensible dans le vers final, entre « *m*eurt » et « i*mm*enses » : la répétition est l'image sonore de l'engluement sourd du principe vital.

CONCLUSION

Qu'est, finalement, la mystérieuse « fêlure » de l'âme du « je » ? Peut-être, d'abord, l'incapacité à chanter juste, c'est-à-dire, pour un poète, à produire le lyrisme conventionnel que le public attend. La voix du poète, « râle épais » (v. 12), pourra choquer certains ; mais c'est précisément parce qu'elle est l'écho authentique d'une souffrance spirituelle dont la morbidité ne se déguise pas. Le sentiment de la fêlure devient hantise de la paralysie créatrice. Mais c'est là justement que le poème révèle le paradoxe qui le fonde, car Baudelaire dit l'impuissance et la stérilité avec des images si puissantes que « La Cloche fêlée », réussite achevée, fait passer, comme l'a montré Victor Hugo, « un frisson nouveau » sur la poésie française.

12 Spleen

Quand le ciel bas et lourd pèse comme un couvercle
Sur l'esprit gémissant en proie aux longs ennuis,
Et que de l'horizon embrassant tout le cercle
Il nous verse un jour noir plus triste que les nuits ;

Quand la terre est changée en un cachot humide,
Où l'Espérance, comme une chauve-souris,
S'en va battant les murs de son aile timide
Et se cognant la tête à des plafonds pourris ;

Quand la pluie étalant ses immenses traînées
D'une vaste prison imite les barreaux,
Et qu'un peuple muet d'infâmes araignées
Vient tendre ses filets au fond de nos cerveaux,

Des cloches tout à coup sautent avec furie
Et lancent vers le ciel un affreux hurlement,
Ainsi que des esprits errants et sans patrie
Qui se mettent à geindre opiniâtrement.

— Et de longs corbillards, sans tambours ni musique,
Défilent lentement dans mon âme ; l'Espoir,
Vaincu, pleure, et l'Angoisse atroce, despotique,
Sur mon crâne incliné plante son drapeau noir.

LECTURE METHODIQUE

INTRODUCTION

Dernier dans la série des quatre poèmes à porter le titre « Spleen », ce texte évoque une phase aiguë du mal-être baudelairien. Certes, il s'agit bien, comme dans d'autres « spleen », de tristesse, d'abdication de l'Espérance, de lente mort spirituelle[1]. Mais ici, tout l'effort esthétique du poète a porté sur l'organisation dramatique de cette crise en trois temps, on dirait volontiers : en trois actes. Voilà qui doit d'abord retenir notre attention. Ensuite, comment ne pas admirer et analyser un réseau d'images exceptionnellement denses et suggestives ; réseau qui est l'âme métaphorique de ce texte, et dont les sonorités, si importantes ici, redoublent la cohérence.

1. LES ÉTAPES D'UNE CRISE

La montée de la crise

Elle s'effectue dans les trois premières strophes, dont la structure syntaxique est révélatrice. Il s'agit en effet de trois propositions temporelles introduites par la conjonction « quand » : la répétition est au service d'un effet d'accumulation, l'atmosphère psychologique se chargeant de facteurs de plus en plus angoissants. Les éléments du paysage (le ciel, la terre, la pluie) sont l'un après l'autre affectés d'images qui interdisent toute échappée : « couvercle » (v. 1), « cachot » (v. 5), « barreaux » (v. 10).

L'étude du lexique fait apparaître comme dominants le thème de l'oppression, puis celui de la claustration. Dans la première strophe, les adjectifs « bas et lourd », le verbe « pèse » et le substantif « couvercle » (v. 1), suggèrent, avec une intensité croissante, l'idée d'écrasement physique et d'étouffement moral. L'espace alors se rétrécit, en commençant par l'horizon, qui enserre de son « cercle » (v. 3), en continuant par la « terre [...] cachot » (v. 5) qui, sous nos yeux, se ferme par les

1. A rapprocher des deux tercets de « La Cloche fêlée », ci-dessus, p. 87.

côtés (« murs », v. 7) et par le haut (« plafonds », v. 8) ; et si les « barreaux » (v. 10) de la pluie, multipliés à l'infini, rendent la « prison » plus « vaste », ce n'est pas pour la faire plus habitable, mais pour affirmer l'universalité d'une réclusion à caractère obsessionnel.

La conscience, appelée ici « l'esprit » (v. 2), devient essentiellement passive : le participe « gémissant » signale à la fois la souffrance endurée et l'absence d'énergie pour la surmonter. L'esprit, donc, *subit* à la fois l'oppression extérieure et le malaise intérieur, comme le marque l'expression « *en proie* aux longs ennuis » (v. 2). L'ennui, ici, n'est bien sûr pas synonyme de désagrément, mais de dégoût de la vie, de nausée existentielle.

On aura reconnu là le fondement du spleen : ce poème va explorer les formes de réactions (violence et prostration) qu'il entraîne dans sa phrase suraiguë. On voit l'activité positive de la pensée épuiser ici ses dernières forces, se heurter à ses limites (cf. « battant les murs de son aile timide », v. 7) et se meurtrir elle-même (« Et se cognant la tête », v. 8). La troisième strophe signale l'abdication par l'esprit de toute maîtrise : le monde extérieur (peuple d'araignées) prend possession de l'univers mental (« tendre ses filets au fond de nos cerveaux », v. 12). Il s'agit évidemment d'une hallucination, signe précurseur de l'éclatement de la crise.

Éclatement de la crise : une tentative de révolte ?

Observons la quatrième strophe sans *a priori* d'interprétation. On est d'abord frappé par un lexique de la violence (« sautent », « furie »), par l'expression énergique (« lancent ») d'une douleur à son paroxysme (« un affreux hurlement ») : hurlement dirigé « vers le ciel », ce qui suppose peut-être appel ou imploration. Puis, à la faveur de la comparaison (« Ainsi que des esprits... »), la « furie » se transforme en plainte sourde, à la fois affaiblie, comme l'indique le verbe « geindre », et continue (« opiniâtrement »).

On peut parler d'éclatement de la crise dans la mesure où le phénomène hallucinatoire, jusque-là rampant, surgit dans toute sa force : ces cloches peuvent bien sûr être des cloches réelles (le glas qui annonce l'enterrement de la cinquième strophe, par exemple) ; mais le poète a projeté sur elles sa souffrance, son horreur de la souffrance et son cri pour l'exprimer, à un point tel que la réalité, méconnaissable, a été transformée par la magie hallucinatoire. Cet éclatement de la crise correspond, par un bel effet de pathétique, à une tentative de révolte contre la souffrance, et contre soi-même. C'est l'ultime moment de lucidité, avant de sombrer, qui invite le poète à « pousser vers le ciel » cet « affreux hurlement » issu de l'énergie du désespoir.

La victoire de la folie

Isolée par un tiret, la dernière strophe est celle de l'égarement de l'esprit, coupé de ses attaches avec le réel. Le « je » paraît assister, témoin impuissant, à un spectacle : « *Défilent* lentement dans mon âme. » Il n'est plus que le lien d'une défaite, celle de « l'Espoir, / Vaincu », puis l'objet d'un assaut (« l'Angoisse [...] / plante son drapeau noir ») qui prélude au naufrage définitif, à l'abdication (« Sur mon crâne *incliné* »). La volonté, le sentiment d'identité, la perception du monde extérieur, ont disparu : il faut parler de folie, état extrême de la dépression hallucinatoire.

A ce dernier stade de la crise psychologique correspond la défaite morale et spirituelle : « l'Espoir, / Vaincu » laisse place à « l'Angoisse ». Le principe de la pensée, l'idéalisation propre à « l'Espérance » (v. 6), les voici étouffés par un dérèglement psychique incontrôlable. Le « Spleen » est bien la négation de « l'Idéal », ces deux termes antithétiques qui composent le titre de la première partie des *Fleurs du mal*.

2. UN RÉSEAU D'IMAGES ET DE SONORITÉS

Puissance évocatrice des images

Si l'on considère le poème dans son ensemble, sa puissance d'évocation tient à ce que les images s'organisent en réseaux, qui garantissent une cohérence exceptionnelle. Ainsi, de strophe en strophe, voit-on le thème de la claustration se développer, depuis l'image du « couvercle » (v. 1), à travers le « cercle » (v. 3), le « cachot » (v. 5), la « prison » (v. 10), les « barreaux » (v. 10, jusqu'aux « filets » du vers 12 : ce dernier terme, légèrement impropre pour désigner la toile de l'araignée, est poétiquement justifié, en cette fin de série, pour porter à son apogée l'obsession de l'enfermement.

Le même travail s'effectue sur le thème de l'humidité malsaine : le verbe « verser » (v. 4) joue le rôle d'annonce, « humide » et « pourris » (v. 5, v. 8) développent le thème, et le motif de la « pluie » (v. 9) le reprend.

L'intensité des images n'est pas moins exceptionnelle : on ne peut ici qu'analyser les plus significatives. Ainsi le célèbre vers 1 qui, à travers deux adjectifs banals, concrets (« bas et lourd »), et le substantif « couvercle », issu de la réalité triviale, suggère l'accablement mieux que toute une analyse psychologique. Quoi de plus saisissant et de plus juste, aux vers 6 et 7, que l'image de la chauve-souris, qui « S'en va battant les murs de son aile timide » ? L'espérance est ici aveugle et affolée comme l'oiseau nocturne, et la tournure « S'en va battant », insistant sur la durée, évoque l'interminable et stérile tournoiement des pensées captives de l'obsession. Mentionnons aussi la lugubre lenteur du défilé des corbillards (v. 17) que l'absence de sensations sonores (« sans tambours ni musique ») rend plus fantomatique encore ; et admirons la richesse de l'image finale : le « drapeau noir » de l'Angoisse, qui a la couleur du drapeau anarchiste, symbolise le triomphe de l'anarchie mentale définitive. C'est aussi le drapeau des pirates, et tout un scénario se trouve suggéré : le « crâne incliné » fait songer au vaisseau qui sombre, coulé par les pirates, qui y plantent leur pavillon de violence et de mort. Comment mieux évoquer le naufrage de l'être, sous les attaques du désespoir ?

Le jeu des correspondances

A travers les images, le poète établit une correspondance entre le paysage extérieur (pour simplifier : la réalité) et l'état moral. L'exemple du vers 1 est éloquent : l'image du « couvercle » dégage l'impression d'étouffement spirituel que le ciel bas communique au poète. La correspondance permet donc de révéler la vérité subjective du monde, sa manière immédiate de s'imprimer sur une sensibilité.

Divers procédés de style sont employés à cet effet. D'abord, la comparaison, introduite soit par « comme » (v. 1, 6), soit par un verbe (« est changée en », v. 5, « imite », v. 10). Ensuite, l'alliance de mots : « un jour noir » (v. 4), expression qui rapproche les contraires, traduit une vision subjective. L'alliance du concret et de l'abstrait va dans le même sens : parler « d'infâmes araignées » (v. 11) revient à associer la vision et l'impression morale négative qu'elle suscite. L'allégorie, qui personnifie une abstraction (« l'Espérance », v. 6, « l'Espoir », v. 18, « l'Angoisse », v. 19), contribue ici à brouiller la frontière entre le monde moral et la vision concrète ; d'autant que ces allégories elles-mêmes sont impliquées dans un scénario dynamique : « l'Espérance [...] chauve-souris, / [...] battant les murs [...] / Et se cognant la tête ».

Le phénomène le plus saisissant est la disparition des termes de comparaison, qui s'annonce dans la troisième strophe, et devient totale dès la quatrième strophe : « un peuple muet d'infâmes araignées » (v. 11), « Des cloches » (v. 13), « de longs corbillards » (v. 17) sont des visions dont le point de départ dans la « réalité » n'est pas donné. Le comparé n'apparaissant pas, on est fondé à parler d'hallucinations : seul ce que l'esprit perçoit paraît réel, l'étape de la correspondance consciente étant dépassée.

Le réseau des sonorités

Il n'est pas moins dense que celui des images, et mérite un examen spécial. Notons d'abord, tout au long du poème, la ligne sonore continue que forme le phonème nasalisé *an*, évocateur d'une plainte sourde et permanente : « gémiss*an*t », « *en*nuis », « *em*brass*an*t », « ch*an*gée », « Espér*an*ce », « batt*an*t », « cogn*an*t », etc. Observons ensuite que la voyelle aiguë *i* peut intervenir dans le groupe des voyelles nasales *on* et *an* pour aiguiser l'expression de la souffrance, en marquer l'aspect lancinant :

> Sur l'espr*i*t gém*i*ss*an*t *en* proie aux *lon*gs *en*nu*i*s (v. 2)

D'autre part, le choc des consonnes est souvent l'image sonore de la violence ; ainsi les occlusives *k* et *t*, si révélatrices de l'agressivité heurtée dans le vers 13 :

> Des cloches *t*out à coup sau*t*ent avec furie

Le *t* et le *p* peuvent aussi se redoubler pour faire entendre le choc et la résonance du choc :

> Et se cognant la *t*ê*t*e à des *p*lafonds *p*ourris (v. 8)

Déjà, dans le vers 1 :

> *Qu*and le ciel *b*as et lourd *p*èse *c*omme un *c*ouver*c*le

s'annonce l'importance de ces occlusives *b-p* et *k* dans tout le poème. Ces phonèmes, triplés pour le *k*, et associés *(b-p)* évoquent l'accablement monotone, la force répétitive du spleen qui, d'entrée de jeu, s'abat sur l'esprit. Ce maléfice destructeur, associé notamment au *k*, nous allons l'entendre à travers plusieurs mots clés du texte qui jalonnent l'itinéraire morbide : *c*ouver*c*le (v. 1), cer*c*le (v. 3), *c*achot (v. 5), *c*ognant (v. 8), *c*loches (v. 13), *c*orbillards (v. 17), vain*c*u (v. 19) et *c*râne in*c*liné (v. 20).

CONCLUSION

Ce poème de Baudelaire, célèbre entre tous, tire sa puissance suggestive de l'utilisation exclusive d'images concrètes pour exprimer un drame spirituel, psychologique, donc tout intérieur. Le poète explore ses abîmes et extrait la beauté des souffrances, de son âme et de son cerveau malades : « fleurs » extraites du « mal ». Par un beau paradoxe, l'élan brisé de l'Espoir, s'exprime dans un texte où le souffle de l'originalité ne faiblit pas un instant.

13 L'Horloge

Horloge ! dieu sinistre, effrayant, impassible,
Dont le doigt nous menace et nous dit : « *Souviens-toi !*
Les vibrantes Douleurs dans ton cœur plein d'effroi
Se planteront bientôt comme dans une cible ;

« Le Plaisir vaporeux fuira vers l'horizon
Ainsi qu'une sylphide au fond de la coulisse ;
Chaque instant te dévore un morceau du délice
A chaque homme accordé pour toute sa saison.

« Trois mille six cents fois par heure, la Seconde
Chuchote : *Souviens-toi !* — Rapide, avec sa voix
D'insecte, Maintenant dit : « Je suis Autrefois,
Et j'ai pompé ta vie avec ma trompe immonde !

« *Remember ! Souviens-toi,* prodigue ! *Esto memor !*
(Mon gosier de métal parle toutes les langues.)
Les minutes, mortel folâtre, sont des gangues
Qu'il ne faut pas lâcher sans en extraire l'or !

« *Souviens-toi* que le Temps est un joueur avide
Qui gagne sans tricher, à tout coup ! c'est la loi.
Le jour décroît ; la nuit augmente ; *souviens-toi !*
Le gouffre a toujours soif ; la clepsydre se vide.

« Tantôt sonnera l'heure où le divin Hasard,
Où l'auguste Vertu, ton épouse encor vierge,
Où le Repentir même (oh ! la dernière auberge !),
Où tout te dira : Meurs, vieux lâche ! il est trop tard ! »

1. SITUATION DU TEXTE

« L'Horloge », dernier poème de la section « Spleen et Idéal », clôt la longue série de poèmes consacrés au temps : « L'Ennemi », « Chant d'automne », « Spleen », « Le Goût du néant ». Il marque l'aboutissement d'un parcours qui sanctionne l'échec de l'idéal et la victoire du spleen. « L'Horloge » reflète enfin l'état moral de Baudelaire en 1861 : ce dernier, désespéré, ne voit d'issue que dans la mort et pense à se suicider.

2. ÉTUDE DU LEXIQUE

Le réseau lexical du temps

L'essentiel du vocabulaire est axé sur le temps. Dès le premier vers, on le trouve représenté par un symbole évident : l'horloge. Il est ensuite fait allusion aux différentes unités de temps : l' « instant » (v. 7), « la Seconde » (v. 9), « Les minutes » (v. 15) ; puis « Le jour » et « la nuit » (v. 19) ; et enfin la « saison » (v. 8).

On note aussi la fréquence des adverbes de temps :
– les uns expriment l'imminence du moment fatal :

> Les vibrantes Douleurs [...] (v. 3)
> Se planteront *bientôt* comme dans une cible (v. 4)
> « *Tantôt* sonnera l'heure [...] » (v. 21)

(« tantôt » ayant ici le sens de « bientôt ») ;
– les autres marquent la fin d'un sursis :

> [...] il est *trop tard* ! (v. 24)

– certains enfin enregistrent la confrontation entre hier et aujourd'hui :

> [...] Maintenant dit : Je suis Autrefois (v. 11)

« Autrefois », en renvoyant à un passé déjà lointain, souligne la fugacité de l'instant présent.

Un vocabulaire abstrait

Curieusement, ce poème philosophique comporte peu de mots abstraits. C'est que Baudelaire cherche à nous communiquer sa propre expérience du temps en représentant celui-ci concrètement (cf. ci-dessous l'étude des images).

On trouve pourtant un vocabulaire abstrait, d'ordre psychologique et moral, présenté d'une manière antithétique. Aux « Douleurs » (v. 3), s'oppose le « Plaisir » (v. 5) ; à la « Vertu » (v. 22), le « Repentir » (v. 23), c'est-à-dire une faute préalable.

Mais toutes ces notions perdent leur caractère abstrait en étant personnifiées (cf. piste suivante sur les figures stylistiques). Enfin, un vocabulaire propre à la tragédie classique, particulièrement perceptible dans une série d'épithètes traditionnelles, dites épithètes de nature[1] : « dieu sinistre » (v. 1), « divin Hasard » (v. 21), « auguste Vertu » (v. 22), confère au poème la solennité et la puissance dramatique d'une tragédie.

Le vocabulaire concret

Le vocabulaire concret marque un changement de ton. Imagé et très familier, il contraste fortement avec le lexique précédemment étudié et évoque généralement des actions prosaïques comme l'acte de « dévore[r] » (v. 7) ou de « pompe[r] [la] vie avec [une] trompe immonde » (v. 12).

Les registres de langue

Baudelaire se plaît à mêler langage soutenu et langage familier afin de souligner le caractère à la fois tragique et dérisoire de l'existence. Ainsi l'apostrophe du

---

1. On appelle ainsi les épithètes qui qualifient traditionnellement un nom et qui l'accompagnent toujours ; ex. : roi tout-puissant.

dernier vers : « Meurs, vieux lâche ! » marque une rupture ironique dans les registres de langue et transforme la tragédie en une véritable comédie.

3. LES FIGURES STYLISTIQUES

On distingue essentiellement deux figures : la personnification et la prosopopée.

La personnification

Elle assimile des notions abstraites à des êtres humains, comme le montre d'ailleurs la présence de la majuscule : « Plaisir » (v. 5) (voir aussi v. 9, 22, 23), « Le Plaisir [fuit] [...] / Ainsi qu'une sylphide[1] » (v. 5-6) ; « la Seconde / *Chuchote* » comme une personne (v. 9-10) ; « le Temps est un joueur avide » (v. 17) ; « l'auguste Vertu », l' « épouse encor vierge » du « divin Hasard » (v. 21-22).

La personnification possède une double fonction : elle donne vie aux abstractions et parvient ainsi à rendre l'idée d'un conflit dramatique entre deux ennemis irréconciliables : l'homme et le temps.

La prosopopée

C'est un procédé par lequel on fait parler ou agir un mort, un animal ou une chose personnifiée. Ici, l'Horloge s'adresse à l'homme du vers 2 à la fin :

> Horloge ! dieu sinistre, effrayant, impassible,
> Dont le doigt nous menace et *nous dit* : « *Souviens-toi !*
> (v. 1-2)

En donnant la parole au temps, la prosopopée interpelle plus sûrement le lecteur que ne le ferait un discours philosophique.

---

1. Sylphide : génie aérien, féminin, plein de grâce.

4. ÉTUDE DES THÈMES

La fuite du temps

Elle est représentée par :
– des impressions sensibles : le mouvement des aiguilles (cf. étude des images) et le tic-tac de l'horloge : « la Seconde / Chuchote » (v. 9-10) ;
– le symbole de la clepsydre : il s'agit d'une horloge à eau qui, comme le sablier, mesure l'écoulement du temps par un système proportionnel de plein et de vide : « la clepsydre se vide » (v. 20) ;
– l'évocation d'une existence rongée par chaque moment qui passe (v. 7-8) :

> Chaque instant te dévore un morceau du délice
> A chaque homme accordé pour toute sa saison

La lutte de l'homme contre le temps

– Le temps est puissant comme un dieu : « dieu sinistre » (v. 1) ; les attributs de sa puissance sont « le doigt [qui] menace » (v. 2) et « la loi » (v. 18). Il provoque alors l'épouvante de l'homme : l'Horloge est un « dieu [...] *effrayant* » (v. 1) et le cœur de l'homme « plein d'effroi » (v. 3) ;
– son écoulement est marqué du sceau de la fatalité : l'adjectif « sinistre » (v. 1) annonce un funeste présage ; l'échéance est déjà fixée : « Tantôt sonnera l'heure » (v. 21) ; enfin la diminution du sursis résonne comme un glas : « *Souviens-toi* » (v. 17). Le dénouement attendu intervient au dernier vers : « Meurs [...] il est trop tard ! » ;
– sa progression est inexorable : elle obéit à une loi mathématique fixée une fois pour toutes :

> Trois mille six cents fois par heure, la Seconde
> Chuchote (v. 9-10)

L' « insecte » (v. 11), synonyme d'activité sans relâche, traduit cette avancée constante du temps ;

– il est toujours vainqueur : le temps « gagne [...] à tout coup » (v. 18).

L'accélération du temps provoque enfin un effet de dramatisation. Il s'exprime d'une façon précipitée, « Rapide, avec sa voix / D'insecte » (v. 10-11) ; le leitmotiv « *Souviens-toi* » revient de plus en plus souvent.

5. ÉTUDE DES IMAGES

Deux images désignant les aiguilles de l'horloge

Ces deux images sont celles du « doigt » (v. 2), et des « vibrantes Douleurs » (v. 3) :
– « le doigt » : l'analogie entre le doigt et l'aiguille est d'ordre concret (même forme effilée) et d'ordre abstrait (tous deux représentent une menace : le temps et Dieu) ;
– « les vibrantes Douleurs » : les aiguilles sont d'abord assimilées à des flèches qui « Se planteront bientôt comme dans une cible » (v. 4) ; la substitution de l'effet « les Douleurs » à la cause de cette souffrance — en réalité, les vibrantes aiguilles — rend encore plus sensible la blessure provoquée par le temps.

L'image fondamentale de l'engloutissement

La figure de l'ogre se profile dans le texte avec le verbe « dévore[r] » (v. 7). Celle du vampire, toujours insatiable, transparaît dans le verbe « pompe[r] » (« Et j'ai pompé ta vie avec ma trompe immonde ! », v. 12) et le mot « soif » (« Le gouffre a toujours soif », v. 20). La crainte de l'engloutissement se révèle enfin dans l'image du « gouffre » (v. 20). Baudelaire parvient à rendre l'angoisse suscitée par le temps en fusionnant les images de l'ogre, du vampire et de l'abîme. On ne peut mieux évoquer la peur du néant.

Quelques images plus ponctuelles

• **Les images de la sylphide et de la coulisse** sont deux métaphores de la vanité de l'existence. La sylphide représente à un double titre le plaisir : en tant que femme mais aussi en tant qu'être aérien, car le plaisir comme l'air part en fumée : « Plaisir vaporeux » (v. 5). En évoquant la sylphide qui « fuira vers l'horizon » (v. 5), Baudelaire reprend la métaphore baroque de la fuite du temps. L'allusion à la « coulisse », partie du théâtre située derrière la scène, nous révèle l'envers du décor : l'homme, un moment sur la scène, joue la comédie de la vie, puis retourne très vite à son véritable état : l'obscurité de la coulisse, c'est-à-dire les ténèbres, la mort.

• **L'image des gangues,** enveloppes qui entourent un minerai, une pierre précieuse, insiste sur le prix du temps que l'homme, enclin au divertissement, semble ignorer :

> Les minutes, mortel folâtre, sont des gangues
> Qu'il ne faut pas lâcher sans en extraire l'or ! (v. 15-16)

6. RYTHME ET SONORITÉS

Principaux effets rythmiques

• **L'effet invocatoire**

Le poème commence par un vers d'invocation dans lequel l'horloge est brutalement apostrophée. Cette attaque très forte est marquée par un cri initial : « Horloge ».

• **L'effet incantatoire**

La répétition lancinante « *Souviens-toi !* » (v. 2, 10, 13, 17, 19) résonne comme une parole magique propre à susciter l'attention et l'inquiétude du poète.

Les ruptures sont toujours fortement suggestives. Le rythme ternaire du dernier vers :

> Où tout te dira : Meurs, vieux lâche ! il est trop tard !
> 5 / 3 / 4

contraste avec le rythme binaire, parfaitement régulier,

des autres alexandrins. Il marque un changement de ton très net : on passe de la solennité grandiloquente et parodique (v. 1-3) à la levée des masques et au prosaïsme.

On remarque deux effets notables dans le jeu des sonorités :

– le renforcement de la magie incantatoire par l'emploi de vocables empruntés à différentes langues (v. 13) ;

– le jeu d'harmonie imitative du vers 12 :

> Et j'ai *pompé ta* vie avec ma *trompe* immon*de* !

Les consonnes brutales (*p*, *t* et *d*) rendent encore plus sensible la violence de l'acte. De plus, l'équivalence des sons renforce l'équivalence du sens entre les mots suivants : « *pom*pé », « tr*om*pe », « imm*on*de ».

7. PORTÉE DU POÈME

Ce poème possède une portée exemplaire : l'Horloge ne s'adresse pas seulement au poète mais à tous les hommes. On remarque en effet :

– le « nous » d'inclusion : au vers 2 (« *nous* menace ») ;

– le terme générique : « mortel folâtre » (v. 15) ;

– l'universalité du langage (v. 13-14) :

> *Remember ! Souviens-toi,* prodigue ! *Esto memor !*
> (Mon gosier de métal parle *toutes les langues*.)

Le temps est en fait un symbole du drame dont l'homme est le théâtre. Son existence est condamnée à la fuite des plaisirs (v. 5), à la certitude de la souffrance, et jalonnée de fautes dont il ne se repent, lâchement, que vers la fin de sa vie (cf. v. 23), lorsqu'il n'est plus d'autres refuges. Enfin, l'homme a, durant toute son existence, manqué à la vertu puisque celle-ci demeure, jusqu'au jour de sa mort, « [s]on épouse encor vierge » (v. 22).

Plan pour un commentaire composé

1. UNE PRÉSENTATION DRAMATIQUE DU TEMPS

a) Dramatisation par la présence obsessionnelle de la fuite du temps :
— l'impression de compte à rebours (cf. thème « La fuite du temps », p. 106 et lexique, p. 103) ;
— l'accélération du temps (cf. thème « La lutte de l'homme contre le temps », p. 106).
b) Dramatisation par les différents procédés de personnification :
— la personnification et la prosopopée (cf. étude des figures de style, p. 105) ;
— étude de quelques images, en particulier les figures animales et monstrueuses (cf. le vocabulaire concret, p. 104 et « L'image fondamentale de l'engloutissement », p. 107).

2. DIMENSION TRAGIQUE DU COMBAT ENTRE L'HOMME ET LE TEMPS ET PORTÉE PHILOSOPHIQUE DU POÈME

a) Toute-puissance du temps, faiblesse de l'homme (cf. thème « La lutte de l'homme contre le temps », p. 106, lexique : un vocabulaire abstrait, p. 104 et l'image des gangues, p. 108).
b) Conséquence : une leçon ambiguë, inutilité de l'avertissement (cf. thème « La lutte de l'homme contre le temps », p. 106).
c) Une allégorie de la condition humaine : tragique et dérision (cf. Un vocabulaire abstrait, p. 104, vocabulaire de la tragédie (les registres de langue, p. 104), quelques images plus ponctuelles, p. 108 + portée du poème).

14 À une passante

La rue assourdissante autour de moi hurlait.
Longue, mince, en grand deuil, douleur majestueuse,
Une femme passa, d'une main fastueuse
Soulevant, balançant le feston et l'ourlet ;

Agile et noble, avec sa jambe de statue.
Moi, je buvais, crispé : comme un extravagant,
Dans son œil, ciel livide où germe l'ouragan,
La douceur qui fascine et le plaisir qui tue.

Un éclair... puis la nuit ! — Fugitive beauté
Dont le regard m'a fait soudainement renaître,
Ne te verrai-je plus que dans l'éternité ?

Ailleurs, bien loin d'ici ! trop tard ! *jamais* peut-être !
Car j'ignore où tu fuis, tu ne sais où je vais,
Ô toi que j'eusse aimée, ô toi qui le savais !

EXPLICATION DE TEXTE

1. SITUATION, COMPOSITION, SIGNIFICATION GÉNÉRALE

Extrait des « Tableaux parisiens », ce sonnet est fondé sur le thème de la rencontre, comme il arrive fréquemment dans cette section des *Fleurs du mal* (cf. « Les Petites Vieilles », « Les Aveugles »). Les hasards de la grande ville font se croiser le poète et une belle inconnue, qui, par-delà sa personne même, incarne la Beauté, à la fois fascinante et insaisissable. Une forme de l'Idéal prend vie pour disparaître aussitôt.

Le premier quatrain, après avoir brièvement esquissé un décor (v. 1), fait apparaître la passante, en épousant le regard du « je » qui l'observe et l'admire : une silhouette se rapproche (v. 2), le rythme de la démarche, le détail de la toilette, le geste de la main (v. 3-4) retiennent l'attention ; le vers 5 appartient à ce premier mouvement, car il résume le sentiment de perfection que la passante vient de laisser dans l'esprit du poète.

La réaction du « je » se manifeste dans un second temps (v. 6-8), ce léger décalage indiquant à lui seul que l'apparition l'a ébloui et subjugué ; le poète tente douloureusement de capter par le regard « La douceur qui fascine et le plaisir qui tue », c'est-à-dire l'intimité même de la passante, dans toute sa complexité. Une commotion profonde a touché le « je » et le premier hémistiche du vers 9 symbolise, dans une image contrastée, le caractère éphémère de la rencontre : « Un éclair... puis la nuit ! »

Le deuxième mouvement du sonnet, séparé du premier par le tiret du vers 9, témoigne de la répercussion intérieure de cette rencontre : le poète s'adresse à celle qu'il a croisée, comme on invoque une disparue (v. 10-11). Dépassant alors le plan sentimental, le sonnet formule l'espoir d'un au-delà mystique, où s'accompliraient les promesses de l'amour terrestre (v. 11-12). Espoir fragile miné par le doute (cf. fin du v. 12).

Les deux derniers vers forment un épilogue amer : « Je » et « tu » sont certes rapprochés par les constructions grammaticales, mais ce rapprochement est exprimé avec l'irréalité du passé (« Ô toi que j'eusse aimée ») qui est le mode de l'inaccompli (v. 14).

Aussi, justifiant son titre, le poète adresse-t-il, dans la nuit de la séparation, un message d'amour à une passante.

2. ÉTUDE SUIVIE

Étude des vers 1 à 5

Le vers 1 a pour fonction évidente d'inscrire le sonnet dans le décor des « Tableaux parisiens » : le Paris moderne, affairé et bruyant, est antipathique à Baudelaire (qui est le contemporain de la percée des « grands boulevards ») et le verbe « hurlait » évoque dissonance et agitation agressive de la rue. Tout paraît hostile à la rêverie (« La rue assourdissante »), et, dès le vers suivant, la cacophonie urbaine va magiquement s'effacer, abolie dans l'esprit du poète par l'apparition de la beauté, saisissant contraste. La trame phonique même de ce vers 1 (u.our.our.u) recueille l'écho d'un sourd brouhaha ponctué de stridences.

La passante est beauté, harmonie, et sa démarche plénitude rythmique. Aussi faut-il écouter le rythme remarquable de l'ample phrase (v. 2-5), qui contient son portrait en mouvement. Le vers 2 :

> Longue, mince, en grand deuil, douleur majestueuse

ponctué de façon à délimiter des groupes de longueur croissante, précède la régularité des vers 3 et 4 :

> Une femme passa, d'une main fastueuse
> Soule*vant* /, balan*çant* /, le feston / et l'ourlet

Dans ce dernier vers, on sera sensible à la cadence des quatre groupes de trois syllabes (avec écho des finales des deux participes présents). Quant au vers 5, il constitue, du point de vue de la structure d'ensemble, une sorte d'enjambement sur le second quatrain, qui, après la pause du point virgule, élargit inopinément le portrait :

> Agile et noble, avec sa jambe de statue. (v. 5)

La phrase évoque parfaitement l'idée de majesté gracieuse que le vocabulaire explicite.

Nous avons déjà signalé que le poème suit le regard du poète qui aperçoit puis détaille la jeune femme. Baudelaire, qui a une âme de peintre, est sensible à ce qu'un geste peut contenir d'élégance aristocratique (« d'une main *fastueuse* », v. 3, signifie : d'un geste de la main qui évoque l'idée de faste) ; la mode de 1860 était aux immenses robes à crinoline, que la femme devait soulever au rythme de son pas, pour éviter au « feston » et à « l'ourlet » de balayer le sol. Baudelaire retrouve chez la passante ce mouvement féminin, ample et balancé, qui lui fait, dans un autre poème, comparer la femme à un « beau navire » roulant sur les flots (« Le Beau Navire », poème LII). Ici, de plus, la beauté morale se joint à la grâce du corps (« Agile et noble », v. 5) et aboutit à une idéalisation esthétique (« avec sa jambe de *statue* », v. 5). Il faut aussi s'attacher à l'idée de malheur, explicite dans « grand deuil » (v. 2). Baudelaire a expliqué que la notion de tristesse accompagne pour lui celle de beauté : celle-ci en devient plus étrange et plus puissante.

Étude des vers 6 à 8

La réaction du poète, face à l'incarnation de cet idéal, est fortement émotionnelle, et ingouvernable par la raison (tel est le sens de l'adjectif « extravagant » du vers 6). Ce trouble est sensible dans le rythme heurté des vers 6 et 7 :

> Moi, je buvais, crispé : comme un extravagant,
> Dans son œil, ciel livide où germe l'ouragan

Le pronom « Moi » est détaché et isolé au début du vers 6, et il faut attendre le vers 8 pour voir apparaître le complément d'objet direct du verbe « je buvais », c'est-à-dire « La douceur qui fascine et le plaisir qui tue ». Le verbe boire dénote une pulsion avide, cependant que l'adjectif « crispé » indique la paralysie de l'initiative. Nous avons là, face à la femme, une attitude à la fois ardente et nouée, fréquente chez Baudelaire. Chercher des causalités psychologiques (le poète est intimidé, il respecte le deuil de la passante) n'est pas d'un grand intérêt. Parlons plutôt de stupéfaction fascinée de l'homme devant la femme, et de l'artiste devant la Beauté. Le vers 7 :

Dans son œil, ciel livide où germe l'ouragan

joue sur le motif si baudelairien du regard. Celui-ci est agrandi à la dimension d'un ciel d'orage, frère des « ciels brouillés » par les larmes de l'aimée, dans le poème « L'invitation au voyage ». Ici, l'œil de la passante, de couleur bleu-gris (sens étymologique de « livide »), contient à la fois la menace de la violence (« ouragan », v. 7, repris par « plaisir qui *tue* », v. 8) et la promesse de la tendresse charmeuse (« douceur qui fascine », v. 8). Nous retrouvons les composantes de l'amour baudelairien, cet équilibre des contraires, où s'insinue la menace. Écoutons le vers 8 :

La douceur qui fascine et le plaisir qui tue.

On y entend le lien consonantique *(s/z)* dans dou*c*eur, fa*sc*ine et plai*s*ir, qui assure une continuité facile et glissante, puis c'est la surprise heurtée des deux monosyllabes « qui tue », où s'entrechoquent les deux consonnes occlusives *(k/t)*.

Étude des vers 9 à 12

Le premier tercet offre d'abord une image contrastée où se révèle la valeur symbolique de la rencontre : « Un éclair… puis la nuit ! » (v. 9). L'éclair, c'est l'illumination de l'être par la vision de la Beauté, la nuit équivaut à solitude, et à détresse. C'est alors qu'a lieu un renversement de perspective. Désormais, la rencontre appartient au apssé et la femme ne sera l'objet d'une sorte de contemplation que dans un futur mystique :

Ne te verrai-je plus que dans l'éternité ? (v. 11)

La forme interro-négative suggère ici une réponse positive, donc un espoir. Voilà qui permet de mieux comprendre les vers 10 et 11, difficiles :

> [...] Fugitive beauté
> Dont le regard m'a fait soudainement renaître

Dire que le regard de la passante a fait « renaître » le « je » n'est pas une simple galanterie précieuse. Dans la ligne métaphysique des *Fleurs du mal*, il faut entendre que la femme a permis d'apercevoir l'idéal de beauté ; et, comme dans la doctrine de Platon, l'âme a soudain été revivifiée par cette incarnation de l'absolu. Aussi la passante est-elle invoquée comme « fugitive beauté », expression qui désigne simultanément la femme particulière (= *une* beauté) qui passe rapidement (« fugitive ») son chemin, et *l'idée de* beauté, vers laquelle elle a fait passer un instant le poète.

Étude des vers 12 à 14

Ce second tercet voit s'affaiblir puis s'éteindre l'espérance mystique. L'idéal ne peut être défini, ni pensé, pas plus que « l'éternité ». Sitôt que le poète cherche à en préciser l'idée, comme dans le vers 12 :

> Ailleurs, bien loin d'ici ! trop tard ! *jamais*, peut-être !

ce ne peut être que négativement dans l'espace et le temps (« bien loin d'ici ! trop tard ! ») ; l'esprit sombre alors dans le doute, l'adverbe « peut-être » corrigeant faiblement le poids fatal (noter l'italique) de « *jamais* ». La triple exclamation scande les étapes de la dégradation de tout espoir : chez Baudelaire, le pathétique se manifeste ainsi quand la lucidité et la conscience du réel ruinent l'exigence d'absolu (dans les poèmes du spleen, par exemple).

Le vers 13 :

> Car j'ignore où tu fuis, tu ne sais où je vais

tire sa puissance d'un paradoxe. Dans la forme, on est

frappé par le croisement qui s'établit entre « je » et « tu » (construction en chiasme : *j'*ignore / *t*u fuis, *tu* ne sais / *je* vais). Il existe une apparente similitude de destins (*chacun* fuit en ignorance de cause), mais précisément cela ne fait que les éloigner davantage *l'un de l'autre* : le vers suggère admirablement deux destins croisés et unis dans la fatalité de l'éloignement.

Le vers 14, scandé par un « *Ô toi* que j'eusse aimée, *ô toi* qui le savais ! » marque un crescendo du lyrisme : c'est un appel voué à ne pas être entendu, une invocation à la fois triste et tendre. Là encore, il y a une sorte de paradoxe : le conditionnel passé (« j'eusse aimé ») rejette tout accomplissement dans l'irréel, mais le verbe lui-même exprime une certitude, celle de l'amour. Le second hémistiche (« ô toi qui le savais ») concentre tout le mystère de la rencontre et toute l'amertume du poète. La passante s'est-elle détournée par indifférence, par pudeur, par fierté, par cruauté ? Baudelaire a exprimé ici, le drame de l'incompréhension entre l'homme et la femme, essentiel dans *Les Fleurs du mal*.

CONCLUSION

Ce petit poème, dense dans son désespoir contenu, se rattache au thème romantique de la femme messagère d'idéalité (spirituelle ou esthétique). Les écrivains surréalistes, à leur tour, salueront en Baudelaire un précurseur : du hasard des rencontres dans la grande ville, du croisement des destins, peut surgir l'expérience illuminante, l'amour fou du poète pour la femme, qui ouvre la voie de l'inconnu (cf. *Nadja*, d'André Breton, 1928). Mais cet inconnu, cet « Ailleurs » (v. 12), Baudelaire n'a fait ici que l'entrevoir, ou le rêver, et la passante si réelle et si magique à la fois n'est que l' « éclair » (v. 9) qui déchire la nuit.

15 La Mort des amants

Nous aurons des lits pleins d'odeurs légères,
Des divans profonds comme des tombeaux,
Et d'étranges fleurs sur des étagères,
4 Écloses pour nous sous des cieux plus beaux.

Usant à l'envi leurs chaleurs dernières,
Nos deux cœurs seront deux vastes flambeaux,
Qui réfléchiront leurs doubles lumières
8 Dans nos deux esprits, ces miroirs jumeaux.

Un soir fait de rose et de bleu mystique,
Nous échangerons un éclair unique,
11 Comme un long sanglot, tout chargé d'adieux ;

Et plus tard un Ange, entrouvrant les portes,
Viendra ranimer, fidèle et joyeux,
14 Les miroirs ternis et les flammes mortes.

COMMENTAIRE COMPOSE

INTRODUCTION[1]

Ce sonnet ouvre la cinquième section des *Fleurs du mal*, consacrée à la mort. La mort s'impose comme la seule issue possible au terme d'un parcours désespéré, car le poète a épuisé le champ des consolations illusoires. La mort devient l'unique espoir d'accéder à l'infini et le symbole parfait de l'amour heureux.

1. Voir ci-dessus, note 1, p. 38.

Ce poème nous présente une vision idéale de l'amour ou, plus précisément, une vision idéalisée par la mort. On examinera donc dans un premier temps cette union indissociable de l'amour et de la mort. Nous verrons ensuite que cette fusion est rendue possible par une spiritualisation de la relation amoureuse. Enfin, on remarquera que la mort est la condition indispensable d'une évocation poétique de l'amour car elle supprime tout ce qui peut le menacer : le temps, l'espace, bref la réalité elle-même.

UNE CONCEPTION IDÉALISÉE DE L'AMOUR

« La Mort des amants » est avant tout une évocation de l'amour absolu. Celui-ci repose sur l'image du couple parfait. Cette notion, présente dans le titre même (« La Mort des amants »), est au cœur du poème. Le couple est représenté syntaxiquement par le pronom personnel « nous » qui encadre la première strophe :

> *Nous* aurons des lits pleins d'odeurs légères (v. 1)
> Écloses pour *nous* sous des cieux plus beaux (v. 4)

Adjectifs qualificatifs et substantifs insistent encore sur la profonde unité du couple en montrant l'être aimé comme un autre soi-même, un reflet, un double :

> Nos deux cœurs seront deux vastes flambeaux,
> Qui *réfléchiront* leurs *doubles* lumières [1] (v. 6-7)

Ces motifs sont repris par les thèmes du miroir et de la gémellité :

> Dans nos deux esprits, ces miroirs jumeaux (v. 8)

L'unité du second quatrain repose sur le leitmotiv du couple : répétition lancinante du chiffre « deux » ; présentation par paire de certains objets : les « miroirs » (v. 8), les « flambeaux » (v. 6). Les rimes « flambeaux /

1. Voir ci-dessus, note 1, p. 38.

jumeaux » (v. 6/8) confirment, sur le plan formel, ce système binaire.

On reconnaît ici le thème romantique du double[1] et la quête de l'unité originelle. Celle-ci est rétablie dans la strophe suivante puisque les amants ne font plus qu'un :

> Nous échangerons *un* éclair *unique* (v. 10)

Mais n'est-ce pas la mort qui permet cette union intense et définitive des amants ? Songeons aux couples célèbres de la littérature, à Roméo et Juliette. Seule la mort a pu empêcher leur séparation et les réunir à jamais. Baudelaire reprend cette conception très romantique de l'amour puisque la mort vient consacrer l'union absolue du couple.

Cette fusion des thèmes s'effectue grâce à un vocabulaire ambivalent renvoyant aussi bien à l'amour qu'à la mort :

– les « lits » (v. 1) font penser à la fois au lit du mort et au lit amoureux ;
– les « divans » (v. 2) sont comparés à des « tombeaux » (v. 2) ;
– les « flambeaux » (v. 6) symbolisent les feux de l'amour mais désignent aussi les bougies qui entourent les morts.

Cette ambiguïté est encore perceptible dans l'emploi des adjectifs : les « divans profonds » évoquent l'intensité de la volupté, mais aussi une sorte d'ensevelissement dans la mort tout autant que dans l'amour. Quant aux « étranges fleurs » (v. 3), ne sont-elles pas venues d'un autre monde, de l'autre monde ? Enfin, l'épithète « dernières » dans l'expression « chaleurs dernières » (v. 5) signifie aussi bien extrêmes qu'ultimes.

---

1. Derrière la quête romantique de l'*alter ego*, de l'autre soi-même, se profile peut-être le mythe grec de l'androgyne. Selon cette croyance, l'être humain était à l'origine masculin et féminin ; depuis la séparation des sexes, il recherche sa moitié perdue pour reconstituer son unité.

Baudelaire unit ainsi les degrés suprêmes de la passion et les derniers moments d'une vie. Amour et mort se confondent donc bien pour peindre l'amour absolu. Voyons maintenant par quels moyens cette fusion est rendue possible.

LE GLISSEMENT DU PLAN SENSUEL AU PLAN SPIRITUEL

Cette perception idéalisée de l'amour et de la mort est en fait sous-tendue par un ardent mysticisme fondé sur une double croyance. Pour Baudelaire, l'expérience sensuelle se prolonge toujours en une extase spirituelle et la mort aboutit à une survie idéale, celle de l'esprit.

Tout au long du poème, nous constatons un glissement progressif du sensuel au spirituel. Certes, le poème s'ouvre sur une impression sensible, les parfums :

Nous aurons des lits pleins *d'odeurs légères* (v. 1)

Mais l'allusion à des « odeurs légères » dans un contexte érotique témoigne déjà d'un gauchissement de l'expérience sensuelle. Baudelaire rejette les « parfums corrompus, riches et triomphants » au profit de parfums « frais », purs et spirituels. On remarque encore une disparition progressive des termes à forte connotation érotique. Les jeux de la chair présents dans l'allusion aux « divans profonds » (v. 2) et dans le mot « chaleurs » (« Usant à l'envi leurs chaleurs dernières, v. 5) s'effacent pour laisser place aux sentiments (« Nos deux cœurs », v. 6) puis à la contemplation spirituelle (« Dans nos deux esprits », v. 8).

Le vocabulaire se trouve toujours aux confins de l'univers sensuel et de l'univers religieux. Le choix des couleurs, par exemple, est significatif. Aux couleurs violentes, éclatantes, caractéristiques d'un climat passionnel, Baudelaire préfère les tons pastel :

Un soir fait de rose et de bleu mystique (v. 9)

plus propres à évoquer un sentiment nourri de pureté et de spiritualité. Le rose et le bleu ne renvoient-ils pas, dans l'imagerie religieuse traditionnelle, à la couleur des vêtements de la Vierge et des anges ? Enfin, l'épithète « mystique » attribuée aux couleurs désigne des teintes sans équivalent sur terre.

La survivance de l'âme dans l'au-delà est attestée par la référence aux « cieux » (v. 4), séjour de Dieu et des âmes ressuscitées, et par l'intervention de l' « Ange » (v. 12). La mort n'est pas conçue comme une fin mais comme le passage du terrestre au céleste, symbolisé par le motif des portes :

> Et plus tard un Ange, entrouvrant les portes (v. 12)

Le verbe « ranimer », au sens de redonner la vie, restituer l'âme (*anima* en latin), insiste enfin sur la permanence de l'âme :

> Viendra ranimer, fidèle et joyeux,
> Les miroirs ternis et les flammes mortes. (v. 13-14)

La mort est donc à double titre une figure de l'amour parfait : parce qu'elle n'en conserve que l'essence spirituelle mais aussi parce qu'elle le rend éternel en le libérant du temps. Mais une telle conception de la mort et de l'amour n'est-elle pas une vue de l'esprit, un produit de l'imagination ?

LA MORT DES AMANTS : LE TRIOMPHE DU RÊVE SUR LA RÉALITÉ

En fait, « La Mort des amants » revêt un caractère idéal, car elle procède d'une rêverie qui comble toutes les aspirations du poète. Nous sommes en effet frappés par le caractère onirique de l'atmosphère dans laquelle évoluent les deux amants. Le seul temps employé dans ce sonnet est le futur :

Nous *aurons* des lits (v. 1)
Nos deux cœurs *seront*... (v. 6)

Ce n'est pas le temps de l'action réelle, mais un temps fictif qui permet à l'imaginaire de se déployer.

Cette impression de rêve est rendue par une dimension temporelle extrêmement vague : durée indéfinie de la contemplation, indétermination de l'instant où meurent les amants (« Un soir... », v. 9) et du moment de la résurrection (« Et plus tard un Ange... / Viendra ranimer... », v. 12-13).

Les amants s'unissent dans une sorte de hors-temps proche de l'éternité. Rien ne vient heurter le rythme bercé du poème, seulement marqué par la sensation régulière du décasyllabe (vers de dix syllabes, prononcé ici 5/5). L'impression d'un temps étale est suscitée par de nombreux procédés qui visent à allonger le vers : présence de « e » muets qui viennent suspendre le vers à la fin de chaque rime féminine (« légèr*es* », v. 1 ; « étagèr*es* », v. 3 ; « dernièr*es* », v. 5 ; « lumièr*es* », v. 7) ; son prolongé des voyelles nasales *an* et *on* (« div*ans* », v. 2 ; « étr*an*ges », v. 3 ; « prof*on*ds », v. 2 ; « t*om*beaux », v. 2) pour le premier quatrain.

L'espace présente le même caractère onirique. Espace imaginaire, il parvient à concilier les contraires : lieu clos, lieu de l'intime (« lits », v. 1 ; « divans », v. 2), il est aussi ouvert, illimité, tendu vers l'infini. On remarque en effet l'agrandissement provoqué par le jeu des « miroirs » (v. 8) et l'impression d'immensité produite par l'adjectif « vastes » (« vastes flambeaux », v. 6).

Enfin l'irréalité du lieu est suggérée par l'étrangeté des fleurs (v. 3) et l'immatérialité des couleurs (« rose et de bleu mystique », v. 9).

Les sensations sont tout aussi ambiguës. La souffrance ne possède pas ici l'acuité et la violence d'une douleur véritable. Elle est ouatée et presque voluptueuse. Le « *long sanglot*, tout chargé d'adieux » (v. 11) prend une résonance suave grâce au voilement sensuel des voyelles nasales (*on*, *an*) associé à la fluidité des liquides (*l*).

Ce sonnet laisse une impression dominante de glissement, dans un univers sans pesanteur. Elle est surtout rendue sensible par les allitérations en liquides qui ouvrent et closent le poème :

> Nous aurons des *l*its p*l*eins d'odeurs *l*égères (v. 1)
> *L*es miroirs ternis et *l*es f*l*ammes mortes. (v. 14)

En fait, la mort est perçue par Baudelaire comme un voyage. Aussi n'est-ce pas un hasard si nous retrouvons dans ce poème des échos de « L'Invitation au voyage ». Les « *étranges* fleurs » (v. 3) qui décorent la chambre des amants ne rappellent-elles pas « les plus *rares* fleurs » de « L'Invitation au voyage ». Les « cieux plus beaux » (v. 4) de notre poème ne correspondent-ils pas au « là-bas » de « L'Invitation ». Enfin, une même atmosphère de douceur et de volupté caractérise les deux poèmes.

Dans « L'Invitation au voyage », Baudelaire avait rêvé l'amour. Mais le rêve, éphémère par nature, ne pouvait trouver son prolongement que dans la mort. En détruisant le corps, elle délivre l'amour de la matière et du péché, car le plaisir charnel est souvent lié chez Baudelaire à la débauche, au mal. En abolissant le temps, elle le rend à l'infinie liberté de l'éternité.

CONCLUSION

La réussite de ce poème repose sur la fusion intime d'un parcours mental et poétique, fondé sur la métamorphose de l'expérience charnelle en vie spirituelle. Échappant à l'amour passion, destructeur et toujours condamné, « La Mort des amants » réalise la fusion éternelle du couple sur un mode apaisé. Ce sonnet atteste une source d'inspiration paradoxale car la mort reste seule capable de donner vie à l'imaginaire.

16 Recueillement

Sois sage, ô ma Douleur, et tiens-toi plus tranquille.
Tu réclamais le Soir ; il descend ; le voici :
Une atmosphère obscure enveloppe la ville,
4 Aux uns portant la paix, aux autres le souci.

Pendant que des mortels la multitude vile,
Sous le fouet du Plaisir, ce bourreau sans merci,
Va cueillir des remords dans la fête servile,
8 Ma Douleur, donne-moi la main ; viens par ici,

Loin d'eux. Vois se pencher les défuntes Années,
Sur les balcons du ciel, en robes surannées ;
11 Surgir du fond des eaux le Regret souriant ;

Le Soleil moribond s'endormir sous une arche,
Et, comme un long linceul traînant à l'Orient,
14 Entends, ma chère, entends la douce Nuit qui marche.

EXPLICATION DE TEXTE

INTRODUCTION

« Recueillement », écrit en 1861, reflète l'état moral et spirituel de Baudelaire durant les années qui précèdent sa mort, en 1867. Il s'inscrit dans un ensemble de poèmes consacrés à l'évocation du crépuscule. Ce moment nous révèle le poète solitaire, la conscience torturée par la fuite du temps et l'obsession du mal. Le mal est représenté ici par l'image de la foule en quête de plaisirs sensuels. Mais à cette vaine agitation, Baudelaire oppose une tentative de recueillement à la faveur du crépuscule, qui ressuscite les souvenirs et apporte ainsi l'apaisement souhaité. Ce sonnet lyrique — le poète traduit ses sentiments par le jeu des images et des sons — possède une forte résonance spirituelle suggérée par la connotation religieuse et mystique du titre, « Recueillement ».

ÉTUDE SUIVIE

Étude du premier quatrain

La première strophe fait intervenir trois protagonistes : le poète, sa douleur et le crépuscule. D'emblée, l'accent est mis sur la relation étroite, intime, qui unit le poète à sa douleur. Celle-ci, personnifiée par l'apostrophe « Ô ma Douleur » et par la présence de la majuscule se voit traitée comme une compagne indisciplinée, un enfant tyrannique qu'il faut assagir : « Sois sage [...] tiens-toi plus tranquille. » Les injonctions du poète, traduites syntaxiquement par les impératifs, sont encore renforcées par le jeu des sonorités. A l'allitération en sifflantes de l'attaque (« *S*ois *s*age »), fait écho la scansion des dentales en fin de vers : « et *t*iens-*t*oi plus *t*ranquille. »

Le deuxième vers introduit avec force la tombée du jour. A la situation d'attente suggérée dans le premier hémistiche par la force du verbe « réclamer » et la valeur durative de l'imparfait — « Tu réclamais le Soir » —, succède l'apparition du soir marquée par l'intervention du présent — « il descend » — et le présentatif « le voici ». Une impression d'apaisement, liée à la tombée de la nuit, est rendue sensible par le rythme régulier du second hémistiche (« il descend ; le voici » (3/3) ; cette impression est renforcée par le jeu des pauses et par l'effet de glissement créé grâce à l'allitération en *s* : « *S*oir », « de*sc*end », « voi*c*i ». La correspondance établie entre la Douleur et la venue du Soir se trouve soulignée par la position identique des mots « Douleur » (v. 1) et « Soir » (v. 2), placés devant la césure, et par la personnification dont tous deux sont l'objet au moyen de la majuscule. De cette façon, Baudelaire parvient à représenter son univers intime. Les états d'âme, les émotions et les sentiments (« Douleur », v. 1 et 8, « Plaisir », v. 6, « Regret », v. 11), la dimension temporelle — mais aussi spatiale — (« Soir », v. 2, « Années », v. 9, « Soleil », v. 12, « Orient », v. 13, « Nuit », v. 14) sont présentés comme des entités à part entière constituant les personnages principaux de cette scène crépusculaire.

Les deux vers suivants (v. 3 et 4), introduits par les deux points, viennent évoquer les effets du soir qui tombe. L'épithète « obscure », pour qualifier le crépuscule, semble pléonastique (c'est-à-dire une simple répétition qui n'apporte rien de nouveau). Mais un tel effet d'insistance rend compte de l'atmosphère enveloppante du crépuscule. Une fois de plus, Baudelaire privilégie les épithètes vagues dont la fonction est surtout suggestive. Le vers 3 :

Une atmosphère obscure enveloppe la ville

souligne la progression du soir et son rôle apaisant. Les contours de la ville s'estompent tandis que l'acuité de la douleur se voit atténuée par la douceur du soir.

Le dernier vers du premier quatrain évoque, par un parallélisme, des constructions (« Aux uns [...] aux autres »), et par la présence de deux termes antithétiques à la césure et à la rime, « paix »/« souci », le pouvoir contradictoire du crépuscule. Apaisant pour les uns, il marque pour les autres le début d'une agitation. On retrouve cette idée dans le poème en prose « Le Crépuscule du soir ». Alors que « le crépuscule excite les fous », il apporte au poète la sérénité : « Le jour tombe.

Un grand apaisement se fait dans les pauvres esprits fatigués du labeur de la journée. Ô nuit ! ô rafraîchissantes ténèbres vous êtes pour moi le signal d'une fête intérieure, vous êtes la délivrance d'une angoisse. Crépuscule, comme vous êtes doux et tendre. »

Étude du second quatrain

Les trois premiers vers du second quatrain constituent un développement du second hémistiche du vers 4 (« aux autres le souci »). Cette strophe est structurée par une opposition entre les trois premiers vers, consacrés à l'évocation de la foule en quête de plaisir et plongée dans la ville, et le dernier vers revenant à l'image d'un poète seul avec sa douleur qui contemple — de loin — la ville au crépuscule. D'emblée, la locution conjonctive « pendant que » — dont la valeur adversative l'emporte sur la valeur temporelle — oppose la proposition subordonnée (v. 5 à 7) à la proposition principale (v. 8).

Les trois premiers vers brossent un tableau allégorique du plaisir (le Plaisir est personnifié) poursuivant de son fouet la multitude en quête d'oubli et de divertissements. Termes péjoratifs (« mortels », « multitude »), épithètes dépréciatives (« vile », « servile »), images frappantes (« fouet du Plaisir », « bourreau »), antithèses (« Plaisir »/« bourreau ») et alliances de mots (« cueillir des remords », « fête servile ») mettent l'accent sur le mépris que Baudelaire éprouve à l'égard du vulgaire avili par la recherche éperdue du plaisir.

Les hommes sont présentés sous deux aspects négatifs. Baudelaire dénonce d'abord la fragilité de la condition humaine vouée à la mort et soucieuse d'oublier sa condition dans le plaisir : la position des substantifs « mortels » et « multitude », de part et d'autre de la césure, et l'apparition de profils consonantiques presque identiques (« mortels », *mtl*, « multitude », *mltt*) assimilent l'homme à sa condition. Le poète souligne aussi l'aspect grégaire de cette multitude dont ne se détache aucun individu. On retrouve ici le tempérament aristocratique de Baudelaire. Dédaigneux envers la foule et ses plaisirs faciles, il privilégie au contraire l'aristocratique beauté de la douleur.

Le champ lexical « fouet », « bourreau », « servile » présente le plaisir comme un tyran dont l'homme serait l'esclave. L'image du fouet (« sous le fouet du Plaisir ») et la métaphore du bourreau insistent sur le caractère perverti d'une jouissance qui revêt un caractère sadomasochiste et dégradant. La référence au fouet met aussi l'accent sur le caractère primaire et bestial de ce plaisir, l'homme étant implicitement assimilé à un animal. Le rapprochement à la césure des mots « Plaisir » et « bourreau » souligne l'ambiguïté de cette jouissance et l'expression « sans merci » insiste sur la cruauté du plaisir. L'adjectif « servile », du mot latin *servus* qui signifie esclave, rime avec l'adjectif « vile » pour insister sur la déchéance morale de l'homme.

De ce fait, le plaisir se voit immédiatement sanctionné par un sentiment de faute et de culpabilité : la multitude vile « va cueillir des remords » (v. 7). L'expression se montre d'autant plus forte que Baudelaire a repris et détourné le précepte ronsardien du *« carpe diem »* — cueille le jour, les roses de la vie. Mais les seules fleurs qui puissent se cueillir au cœur de la capitale ne sont que des Fleurs du mal, des satisfactions éphémères nées de la débauche et de la prostitution.

L'assimilation des plaisirs de la chair au mal reflète un système de valeurs profondément manichéen[1] opposant constamment deux postulations fondamentales chez l'homme : l'une vers Satan, le mal, le bas, la chair ; l'autre vers Dieu, le bien, le haut, l'esprit. Cette contradiction, qui traduit une profonde conscience

1. Voir note 1, p. 12.

de la faute originelle, domine toute la poésie baudelairienne.

Le vers suivant (v. 8) marque un triple changement : de point de vue, de style et de rythme. Le retour à l'évocation du poète et de sa douleur se manifeste par un changement de vocabulaire et de ton. Au vocabulaire classique et au ton assez grandiloquent des trois vers précédents, succède un langage plus intime où l'on retrouve l'apostrophe familière (« Ma Douleur ») et des impératifs à résonance personnelle : « donne-moi la main », « viens par ici ». Le rythme souple du trimètre :

Ma Douleur / donne-moi la main ; / viens par ici (v. 8)
3 5 4

remplace le rythme classique parfaitement régulier du tétramètre :

Va cueillir / des remords / dans la fê/te servile (v. 7)
3 3 3 3

La douleur est ici présentée comme une compagne sur le point d'être apprivoisée : « donne-moi la main ; viens par ici. »

Étude du premier tercet

Par un rejet audacieux — « Loin d'eux », lié syntaxiquement au dernier vers du second quatrain, qui n'intervient qu'au début du premier tercet —, l'accent est mis sur la distance qui sépare la foule et ses plaisirs du poète et de sa douleur. Les deux tercets, faiblement séparés l'un de l'autre par un point-virgule, sont consacrés à l'apparition fantasmagorique du passé, seul capable, à la faveur du crépuscule d'apaiser la douleur. L'impératif « vois » introduit l'évocation onirique[1] du souvenir par un double procédé de personnification et de théâtralisation. Les années passées, personnifiées par le

1. Onirique : qui semble sortir d'un rêve.

verbe d'action « se pencher », l'épithète « défuntes » et la majuscule (« Années »), sont assimilées à des femmes vêtues de « robes surannées ». La métaphore des « balcons du ciel » opère comme une véritable métamorphose. Elle permet de glisser du réel à l'imaginaire en représentant le ciel crépusculaire comme un décor de théâtre.

Nous avons affaire à une représentation dynamique de l'espace-temps, tout un pan du passé regretté est traité en terme matériel et spatial. Le poète lui prête un mouvement vertical de surgissement :

> Surgir du fond des eaux le Regret souriant (v. 11)

L'immensité cosmique figurée par le ciel et l'eau — eau de la Seine sans doute — vient libérer l'intimité de l'âme, les profondeurs du moi.

La douceur de cette évocation, due à la féminisation du souvenir, se voit renforcée par la prédominance des rimes féminines (« années »/« surannées ») et par la présence de consonnes continues (liquides *l*, vibrantes *r*, sifflantes *s* et *z*) :

> [...]. Vois se pencher les défuntes Années,
> Sur les balcons du ciel, en robes surannées ;
> Surgir du fond des eaux le Regret souriant (v. 9 à 11)

Deux autres éléments contribuent à souligner l'harmonie de ce moment : l'unité vocalique d'un tissu phonétique dominé par les sons « é » et « è » (« pencher », « défuntes », « années », « ciel », « surannées », « regret ») et l'image du « Regret souriant » (l'adjectif verbal est mis en valeur par la diérèse « souri/ant) qui s'oppose au remords du vers 7.

Étude du second tercet

Le dernier tercet établit une correspondance, sur un mode mineur et paisible, entre la présence de la nuit et l'idée de la mort. Le champ lexical de la mort, amorcé dès le vers 9 (« défuntes années »), se prolonge avec les mots « moribond », « s'endormir » et « linceul ». La dernier tercet rend compte à son tour de la vision animiste[1] du poète ; on y voit :

Le Soleil moribond / s'endormir sous une arche (v. 12)
6 6

Le rapprochement de l'épithète « moribond » et de l'infinitif « s'endormir », tous deux placés de part et d'autre de la césure, confère au coucher du soleil une valeur apaisante accentuée par l'allitération fluide des consonnes *l* et *r* (v. 12-13). L'allusion à l'arche, arche d'un pont ou du ciel, évoque l'image protectrice d'un berceau.

Le vers suivant (v. 13) rappelle la correspondance entre la nuit qui tombe « comme un linceul » et la mort. Mais curieusement, le soleil se couche à l'est, à « l'Orient », faisant du crépuscule un moment de délivrance, voire l'aube d'une renaissance. Baudelaire suggère la solennité et la douceur de ce moment par un effet de lenteur perceptible dans la forme pronominale du verbe « s'endormir », dans le participe présent « traînant » et dans l'épithète « long linceul » qui ne suggère pas la dimension du crépuscule, mais la lenteur avec laquelle il se déploie. La coupe régulière des alexandrins (6/6), la prononciation de la diérèse (« Ori/ent) et l'effet de glissement continu provoqué par les allitérations en *l* et *r* :

Et, comme un long linceul traînant à l'Orient

renforcent cette impression.

Le dernier vers impose la présence mystique de la nuit par un changement de perception, le passage de « Vois » (v. 9) à « Entends » (v. 14). A la vision fantastique et féerique de la nuit succède l'évocation sugges-

1. Vision animiste : qui attribue aux choses, aux éléments, une âme et un comportement humain.

tive de sa mystérieuse présence. Par la répétition incantatoire de l'impératif « Entends », l'accent est mis sur la perception auditive, perception plus spirituelle que sensible, car l'ouïe, sens de la nuit et de l'au-delà, révèle ce qu'on ne peut ni voir ni toucher. Ainsi s'effectue la rencontre magique de la douleur qui s'estompe et de la nuit, à son tour personnifiée (qui « marche »).

> Entends, ma chère, entends la douce Nuit qui marche.

Notons l'ambiguïté de ce dernier vers qui peut tout aussi bien évoquer l'ineffable douceur de la nuit que celle du sommeil ou de la mort.

CONCLUSION

Baudelaire a choisi d'évoquer son angoisse, sa souffrance sur un mode bien différent des poèmes consacrés au spleen. La solitude et la vieillesse, avec son cortège de souvenirs, pathétiques en elles-mêmes, sont ici adoucies, transfigurées par le pouvoir libérateur du crépuscule et du souvenir. Loin d'accentuer la douleur, ils l'assagissent grâce à leur puissance onirique et poétique. Encore une fois, le poète semble avoir conjuré la souffrance par la magie de l'art.

17 Le Joujou du pauvre

[...]

Sur une route, derrière la grille d'un vaste jardin, au bout duquel apparaissait la blancheur d'un joli château frappé par le soleil, se tenait un enfant beau et frais, habillé de ces vêtements de campagne si pleins de coquetterie.

Le luxe, l'insouciance et le spectacle habituel de la richesse, rendent ces enfants-là si jolis, qu'on les croirait faits d'une autre pâte que les enfants de la médiocrité ou de la pauvreté.

A côté de lui, gisait sur l'herbe un joujou splendide, aussi frais que son maître, verni, doré, vêtu d'une robe pourpre, et couvert de plumets et de verroteries. Mais l'enfant ne s'occupait pas de son joujou préféré, et voici ce qu'il regardait !

De l'autre côté de la grille, sur la route, entre les chardons et les orties, il y avait un autre enfant, sale, chétif, fuligineux, un de ces marmots-parias dont un œil impartial découvrirait la beauté, si, comme l'œil du connaisseur devine une peinture idéale sous un vernis de carrossier, il le nettoyait de la répugnante patine de la misère.

A travers ces barreaux symboliques séparant deux mondes, la grande route et le château, l'enfant pauvre montrait à l'enfant riche son propre joujou, que celui-ci examinait avidement comme un objet rare et inconnu. Or, ce joujou, que le petit souillon agaçait, agitait et secouait dans une boîte grillée, c'était un rat vivant ! Les parents, par économie sans doute, avaient tiré le joujou de la vie elle-même.

Et les deux enfants se riaient l'un à l'autre fraternellement, avec des dents d'une *égale* blancheur.

INTRODUCTION[1]

« Le Joujou du pauvre », poème en prose XIX, se présente dans sa seconde partie comme une narration[2]. Il s'agit manifestement d'une « chose vue »[3] par le poète, dont il a tiré une illustration de l'étonnante capacité d'émerveillement propre à l'enfance.

Socialement et physiquement, tout oppose les deux jeunes acteurs de ce récit, comme il convient de l'observer d'abord. On voit cependant ces oppositions se réduire systématiquement, pour s'annuler à la fin du texte, dans un rêve réciproque et fraternel. Il faudra donc analyser cette évolution significative. A travers le récit, on devine que se développe une fable sur l'enfance ; le poète n'en a pas livré explicitement la morale, qu'il nous appartient d'éclairer ici.

UN JEU D'OPPOSITIONS : LE REGARD SOCIAL

Il est aisé de noter que l'enfant riche et l'enfant pauvre, placés face à face, incarnent deux vies et deux mondes parfaitement antithétiques. L'antithèse est d'ailleurs soulignée par le poète, lorsqu'il évoque « ces barreaux symboliques séparant deux mondes » (l. 22) : ainsi s'opposent, jusque dans ce vis-à-vis spatial, l'enfance dorée et l'enfance misérable plutôt que deux personnages individualisés.

---

1. Voir ci-dessus note 1, p. 38.
2. La première partie de ce poème est consacrée à quelques réflexions sur le divertissement enfantin, qui peut naître d'objets jugés insignifiants par l'adulte.
3. *Choses vues* : titre d'un ouvrage, sous forme de journal, de Victor Hugo, où l'écrivain a noté certaines scènes vues par lui, et significatives de son époque.

Le texte fait jouer point par point l'opposition. Soit les lieux de vie des deux enfants : voici d'un côté l'existence protégée par la grille « d'un vaste jardin » (l. 1), de l'autre une vie sans doute livrée aux hasards de l'errance. La face « fuligineu[se] » (l. 17) (c'est-à-dire couverte de suie) de l'enfant pauvre laisse supposer qu'il s'agit d'un de ces petits ramoneurs itinérants, qui, au XIXe siècle, louaient leurs services de maison en maison. Si le jeune garçon se tient ici « entre les chardons et les orties » (l. 15) du fossé, n'est-ce pas que le poète a voulu symboliser sa vie quasi marginale et ingrate ? L'opposition littéraire de l'enfant riche et gâté et du petit errant est fréquente dans le roman populaire du XIXe siècle : songeons au célèbre *Sans famille*, d'Hector Malot.

Un deuxième axe d'opposition concerne l'aspect physique des enfants : la santé et la fraîcheur (l. 3) forment antithèse avec la chétivité et la saleté (l. 16). Des oppositions de couleurs renforcent les précédentes : la « blancheur » et la lumière qui égayent le château « frappé par le soleil » contrastent ostensiblement avec la face noire du petit pauvre.

Un troisième axe d'opposition intéresse les joujoux eux-mêmes : on remarque que les traits qui distinguaient chacun des deux enfants se retrouvent dans son jouet, à l'état superlatif. L'enfant riche est simplement « joli », mais son joujou qualifié de « splendide » (l. 10) ; la fraîcheur du vêtement devient éclat « d'une robe de pourpre » (l. 12), et la coquetterie tourne à la sophistication « de plumets et de verroteries » (l. 12) ; la richesse de l'enfant s'exhibe dans le « verni » et le « doré » (l. 11) de son jouet. De son côté, le « rat vivant » (l. 27), joujou du pauvre, est lié dans l'imagination commune aux idées de saleté, d'obscurité, d'insalubrité : c'est dire qu'il pousse jusqu'au déplaisant les caractères de l'enfant pauvre.

UN AUTRE REGARD : RÉDUCTION DES OPPOSITIONS

On peut observer que certains éléments du texte contredisent l'opposition trop visible de la richesse et de la pauvreté, de la beauté et de la laideur.

A propos de l'enfant pauvre, le poète remarque qu'un « œil impartial » pourrait découvrir « la beauté » du « marmot-paria » (l. 16) : ce regard est celui du peintre (de l'artiste en général) qui ne se soucie ni de l'origine sociale ni de l'élégance ni de la propreté de ses modèles, mais cherche à travers eux une forme originale de beauté. Voilà pourquoi est introduite une comparaison avec la peinture : « l'œil du connaisseur » (l. 18) sait deviner « la peinture idéale » (l. 19) que « le carrossier » (l'artisan qui peint les carrosses) a camouflé sous un grossier « vernis » (l. 19). Dans le cas de l'enfant pauvre, ce vernis est « la répugnante patine de la misère » (l. 20), qui correspond à la face « fuligineu[se] » (l. 17) de l'enfant : nettoyé de la suie inhérente à sa condition, le visage serait beau. Il devient ici évident que le regard esthétique, « impartial » (l. 18), s'oppose aux préjugés du regard social : c'est le regard du poète lui-même, auquel il veut bien sûr associer son lecteur.

Une deuxième modification des oppositions s'effectue à la fin du texte, au bénéfice de l'enfant pauvre. Les catégories concernées sont la mort et la vie. En effet, le joujou du riche, si splendide soit-il, est abandonné par son jeune propriétaire ; une métaphore du poète le fait passer du côté de la mort : « *gisait* [...] un joujou splendide » (l. 10). Tandis que le rat, si laid soit-il, fascine l'enfant riche précisément parce qu'il est « vivant » (l. 28). Et le poète souligne l'importance de ce thème de la vie, en précisant que les parents de l'enfant pauvre ont tiré le joujou « de la vie elle-même » (l. 29). Ainsi le vivant, avec sa part de laideur, l'emporte sur l'inerte, luxueuse et factice copie de la vie.

Dans la dernière phrase du texte, l'annulation des oppositions entre les enfants est accomplie. L'étude du vocabulaire est révélatrice : on passe de la notion de dualité (« les *deux* enfants ») à celle de réciprocité (« se riaient *l'un* à *l'autre* ») pour arriver à l'expression de la fraternité (« fraternellement », l. 30).

Apparaît enfin la notion d'égalité, que le poète associe à un élément physique : « avec des dents d'une *égale* blancheur » (l. 31). L'impression en italique de l'adjectif attire l'attention sur sa richesse symbolique. Car il renvoie non seulement (par dénotation) à l'identité matérielle de la blancheur des dents, mais suggère aussi (par connotation) l'idée d'égalité sociale rétablie. On comprend alors que le rire, expression de l'ingénuité enfantine, dépasse et annule les oppositions de classes pour la durée d'un instant. D'autre part, le motif des dents blanches évoque l'appétit vital intact, et reconduit par là au thème de la vie (que, dit-on, la jeunesse mord « à belles dents »).

Tel est le paradoxe final : il a fallu l'entremise de la laideur, elle-même représentative de la vie (le « rat vivant ») pour que surgisse l'autre aspect de la vie, le plus radieux : le rire enfantin.

UNE FABLE SUR L'ENFANCE

Le texte exclut de la narration tout élément anecdotique qui n'entrerait pas dans le jeu rigoureux des oppositions et des contre-oppositions. De là vient le sentiment qu'à travers le récit s'opère une démonstration symbolique : il s'agit bien d'une fable. Mais, de cette fable, le poète a laissé la morale à l'appréciation du lecteur. Baudelaire a voulu que, en général, le poème en prose suggère et incite au rêve, sans jamais s'appesantir. On observera d'abord qu'il n'y a pas trace ici de dénonciation de l'enfance malheureuse, pas d'apitoiement ni de misérabilisme. Baudelaire ne se pose pas, comme Hugo, en défenseur de l'enfance opprimée[1].

Par-delà les oppositions de classe, Baudelaire souligne l'innocence sociale de l'enfant. Le petit riche et le petit pauvre atteignent la réciprocité joyeuse dans leur capacité d'émerveillement. La faculté de porter un regard neuf et ébloui sur le monde appartient, selon Baudelaire, à l'enfant et au poète : « Le génie, écrit-il, est l'enfance retrouvée à volonté. » De là, la sympathie profonde, de l'ordre de la compréhension intime et non de la sensiblerie, qui unit le poète à ses deux jeunes personnages.

L'objet de la fascination, le rat, mérite alors de retenir encore notre attention : voilà un objet aussi laid et presque aussi répugnant que ce cadavre, cette « charogne » dont le poète des *Fleurs du mal* a fait le sujet d'un poème célèbre (pièce XXIX). On peut dire que l'enfant, instinctivement, comme le poète dans l'élaboration poétique, dépasse les préjugés esthétiques. L'un et l'autre honorent la vie, laideur et beauté mêlées, conjugaison d'attraction et d'horreur.

CONCLUSION

Baudelaire, qui n'a pas souvent choisi l'enfance comme thème d'inspiration, a traité son sujet indépendamment de toute prédication sociale, pédagogique ou morale. C'est un instant de grâce où, loin du regard social, les enfants sont frères dans la joie : frères aussi du poète, qui contemple silencieusement leur capacité d'émerveillement.

Discret dans l'emploi des images, par l'absence du « je » dans le texte, le poème-narration conduit efficacement ses jeux d'oppositions et de renversements, d'où la signification se dégage d'elle-même.

1. On songera par exemple au poème des *Contemplations* (III, 2) intitulé « Melancholia », qui évoque les méfaits du travail précoce des enfants.

18 Enivrez-vous

Il faut être toujours ivre. Tout est là : c'est l'unique question. Pour ne pas sentir l'horrible fardeau du Temps qui brise vos épaules et vous penche vers la terre, il faut vous enivrer sans trêve.

Mais de quoi ? De vin, de poésie ou de vertu, à votre guise. Mais enivrez-vous.

Et si quelquefois, sur les marches d'un palais, sur l'herbe verte d'un fossé, dans la solitude morne de votre chambre, vous vous réveillez, l'ivresse déjà diminuée ou disparue, demandez au vent, à la vague, à l'étoile, à l'oiseau, à l'horloge, à tout ce qui fuit, à tout ce qui gémit, à tout ce qui roule, à tout ce qui chante, à tout ce qui parle, demandez quelle heure il est et le vent, la vague, l'étoile, l'oiseau, l'horloge, vous répondront : « Il est l'heure de s'enivrer ! Pour n'être pas les esclaves martyrisés du Temps, enivrez-vous ; enivrez-vous sans cesse ! De vin, de poésie ou de vertu, à votre guise. »

LECTURE METHODIQUE

INTRODUCTION

Dans ce poème en prose, le lecteur retrouvera un thème essentiel des *Fleurs du mal* : l'aspiration de l'homme à fuir sa condition mortelle, soumise au temps dévastateur. L'ivresse peut donc être considérée comme le remède à un désarroi métaphysique : la voici, de ce fait même, rehaussée en noblesse morale, elle que pourtant réprouve le puritanisme bourgeois. Notons la provocation, à l'adresse du public trop sage, contenue dans l'impératif du titre même : « Enivrez-vous. »

Il paraît naturel de construire un premier axe d'étude autour du thème de l'ivresse, obsédant dans le poème. La formulation impérative de ce titre annonce un texte qui va solliciter, plutôt que la raison de son lecteur, sa sensibilité. L'enthousiasme lyrique qui caractérise le poème, et se marque notamment dans le rythme, va donc déterminer le deuxième axe d'étude.

1. LE THÈME DE L'IVRESSE

Il domine le poème entier, mais on observera que le propos de l'écrivain n'est pas de peindre les effets de l'ivresse. Il s'agit ici d'exhorter l'homme à fuir dans l'ivresse même l'horreur de sa condition. Pourquoi l'ivresse est-elle nécessaire ? Quelle est sa nature ? A qui est-elle indispensable ?

Nécessité de l'ivresse : échapper au Temps

Cette hantise de l'homme baudelairien, échapper au Temps, apparaît au début et à la fin de notre texte ; les formulations syntaxiques en sont parallèles, à dessein de renforcement : « Pour ne pas sentir l'horrible fardeau du Temps » (l. 2) et « Pour n'être pas les esclaves martyrisés du Temps » (l. 15). Cette notion abstraite a été fréquemment personnifiée par Baudelaire, qui fait du Temps « L'Ennemi »[1] de l'homme par excellence. Ici, deux images marquent son pouvoir : « *fardeau* [...] qui *brise* vos épaules et vous *penche* vers la terre » (l. 2). Se dessine une silhouette de vieillard courbé sous le poids des ans, le poète ayant pris au sens premier et matériel cette idée banale de poids. La deuxième image,

1. « L'Ennemi » est le titre de l'un des poèmes des *Fleurs du mal*.

celle qui fait des hommes « les esclaves martyrisés du Temps » (l. 16) aggrave encore notre destinée mortelle : le temps est ici personnifié et l'on passe du sentiment d'angoisse au fantasme de la persécution.

Au cœur du texte, l'obsession du temps se signale aussi à travers « l'horloge » (l. 11) et l' « heure » (l. 13) : douée de parole, l'horloge, ici, au lieu de rappeler l'homme aux exigences du réel, lui annonce qu' « Il est l'heure de s'enivrer », c'est-à-dire de se soustraire à la conscience de la durée. Ce « dieu sinistre » qu'est l'Horloge, dans le célèbre poème[1] des *Fleurs du mal*, devient ici complice du désir d'évasion.

La nature de l'ivresse

Mais de quoi s'enivrer ? « De vin, de poésie ou de vertu » (l. 5) nous répond le poète. Étrange association de termes : seule la mention du vin ne suscite aucun étonnement. Nous savons en effet que le nom du vin donne son titre à la quatrième section des *Fleurs du mal* ; on l'y voit procurer aux pauvres l'oubli de leur misère.

Qu'est l'ivresse par la poésie ? Elle ne peut que se situer sur le plan spirituel et désigner l'enivrement de l'âme par la beauté. Baudelaire songe peut-être à la « sorcellerie évocatoire » que représente la poésie, quand le rythme et l'image enchantent la sensibilité.

Plus surprenante apparaît l'ivresse par la vertu, notion liée aux idées de sévérité et de rigueur. Mais on peut aussi concevoir qu'à travers la vertu s'exprime l'aspiration à la beauté morale et au dépassement de soi.

Ainsi voit-on le vin, la poésie et la vertu représenter trois modes d'évasion hors de la médiocrité du réel : dans l'ordre des sens, le vin fait oublier la misère matérielle ; dans l'ordre de l'esprit, la poésie révèle la beauté ; dans l'ordre de l'âme, la vertu élève au-dessus des contingences et des mesquineries du vulgaire.

---

1. Voir ci-dessus p. 102 l'explication de « L'Horloge ».

Toutefois, le lecteur est surpris par la mise en équivalence qu'implique l'expression « à votre guise » (l. 5). Il y a quelque chose de provocateur à suggérer l'égale dignité de la boisson (qui passe à l'époque de Baudelaire pour le vice du peuple) et de la vertu (où se glisse à la même époque l'idée de respectabilité bourgeoise). L'une ou l'autre forme d'ivresse est présentée comme un choix personnel (« à votre guise »), aucune considération morale n'intervient. Ce qui seul importe, c'est l'oubli du réel et du temps.

Qui a besoin d'ivresse ?

La réponse est contenue dans la formulation généralisante de la première phrase : « Il faut être toujours ivre. » Lorsque apparaît le « vous » (l. 6), il renvoie certes au lecteur, mais à un lecteur saisi dans sa condition d'être soumis au temps. Nécessité universelle, l'ivresse ignore les barrières sociales. Le poème suggère successivement la figure du roi ou du prince debout « sur les marches d'un palais » ; puis apparaît la silhouette de l'errant, échoué « sur l'herbe verte d'un fossé » ; enfin Baudelaire semble renvoyer le lecteur à lui-même (« la solitude morne de *votre* chambre »). Se dessine à l'arrière-plan l'ennui du quotidien, l'emprisonnement banal et domestique (« la chambre »), générateur du spleen.

2. INCANTATION ET LYRISME

Ce poème est incantation dans la mesure où il s'appuie sur le pouvoir émotionnel du rythme et des répétitions pour « enchanter » (synonyme du vieux verbe « incanter ») le lecteur et emporter sa conviction. Cette incantation est progressive et va en crescendo. Le poème est de caractère lyrique car, même si le « je » en est absent, il procède d'un sentiment d'angoisse face au temps ; le poème vise aussi à inspirer un autre sentiment, celui de l'urgence de l'ivresse.

Un crescendo incantatoire

Les deux premières phrases du poème, simples et courtes, énoncent calmement l'affirmation qui sera reprise et amplifiée. La certitude du ton souligne d'ailleurs leur contenu provocateur. « Il faut être toujours ivre » : règle de vie jetée comme un défi à la face du bourgeois conformiste. Peut-être aussi y a-t-il dans la phrase suivante (« Tout est là : c'est l'unique question ») parodie de la gravité métaphysique d'Hamlet, le héros de Shakespeare, qui commence son monologue par les mots « Être ou ne pas être : voilà la question. »

L'image du « fardeau du Temps », est destinée à être approfondie et dramatisée à la fin du poème (« les esclaves martyrisés du Temps », l. 16). C'est là un bel exemple de reprise avec intensification d'un motif important.

Dans le troisième paragraphe, le crescendo s'appuie sur l'intensification du rythme. On voit la phrase s'élever à partir d'un groupe ternaire (« sur les marches... », « sur l'herbe... », « dans la solitude... », l. 7-8). Les trois segments offrent un nombre croissant de syllabes : sept, huit et douze. L'énumération de cinq substantifs en construction parallèle (« au vent, à la vague, à l'étoile, à l'oiseau, à l'horloge », l. 10-11) est relayée par l'énumération de cinq groupes verbaux (« à tout ce qui fuit [...] à tout ce qui parle », l. 12-14). Puis après le point-virgule, la phrase rebondit sur une reprise de forme impérative (« demande[r] », l. 13) et fait de nouveau défiler les cinq substantifs en fonction grammaticale de sujets. Le texte est porté jusqu'à son terme par un dynamisme étonnant, puisque les quatre dernières lignes constituent à elles seules la réponse dont on s'enquiert fiévreusement.

Le procédé incantatoire est surtout sensible dans les reprises d'un terme clé. Le verbe « s'enivrer », déjà présent dans le titre, apparaît ensuite cinq fois, avec une concentration de trois occurrences[1] sur les quatre dernières lignes : effet de crescendo. L'effet est redoublé par la présence de l'adjectif ivre (l. 1) et du substantif « ivresse » (l. 9). La monotonie est évitée grâce à des variations dans l'expression (« toujours », « sans cesse », « sans trêve » ; « il faut », « c'est l'heure de »). Ces variations ne sont pas seulement lexicales, elles visent à l'intensification. On passe en effet du conseil proféré par une instance anonyme (« Il faut », l. 1) à des impératifs directement adressés au lecteur (l. 6). A la fin, ces impératifs émanent directement des éléments de l'univers (l. 13-14) et, se répétant, donnent l'idée d'urgence. L'univers paraît coalisé pour inviter l'homme à l'ivresse.

Un lyrisme de l'universalité

On repère dans le texte un procédé qui se rattache au lyrisme romantique : l'interrogation par l'homme des éléments de la nature ; par exemple, dans *René* de Chateaubriand, le « je » reçoit à travers les voix de la nature une confirmation de son sentiment d'exil. Ici, les éléments interrogés doivent retenir notre attention, car ils ont un pouvoir d'évocation complexe. Il s'agit d'abord de signes d'infini : le « vent » évoque l'infini de l'espace ; la vague l'infini marin ; l'étoile, l'infini céleste. Ces éléments sont susceptibles de procurer à l'homme l'ivresse de la contemplation. D'autre part, l'étoile et l'oiseau suggèrent la beauté du monde (peut-être aussi la joie exprimée par le chant de l'oiseau), cependant que l'horloge ramène à la notion de temps. Ici, l'horloge peut passer pour le symbole de la fugitivité des heures.

Examinons l'énumération des cinq verbes (« ce qui fuit », « ce qui gémit », etc.) : on y retrouve le thème

1. Ce mot désigne l'apparition d'un mot dans le corps d'un texte.

de l'éphémère (« tout ce qui fuit ») ; l'homme est environné de forces mouvantes (« tout ce qui roule »). Le thème de l'expression s'entrelace à celui de la fugitivité : la nature exprime sa peine (« ce qui gémit »), sa joie (« ce qui chante »), ou même accède à un langage (« ce qui parle »). Il est essentiel que ce verbe « parler » termine la série en imposant l'idée dominante, qui nous apparaît maintenant : le monde, beau, varié et éphémère tient à l'homme un langage qui le renvoie à son obsession du temps.

Le lyrisme de Baudelaire s'apparente ici à l'animisme, si fréquent chez un Victor Hugo, qui consiste à douter de sentiments et de langage les forces inanimées. Baudelaire a utilisé le procédé dans le sens de sa conception pessimiste : le monde, à l'image de l'homme, est soumis à la tyrannie du temps. C'est pourquoi dans tous les objets du monde, de la « vague » à l' « horloge », l'homme retrouve sa hantise, comme dans la mer il retrouve l'image de ses amertumes[1]. Remarquons une autre parenté avec le lyrisme romantique : la parole du poète (« [je dis] qu'il faut ») se trouve confirmée et répercutée par toutes les voix de la nature. C'est pourquoi on peut parler de lyrisme universalisant.

CONCLUSION

Malgré sa brièveté, ce poème possède un souffle étonnant qui tient à l'amplification du rythme et à l'incantation des répétitions. Les pouvoirs du poème en prose rejoignent ici ceux de la poésie versifiée.

Son originalité est aussi de transformer la notion commune d'ivresse : celle-ci devient évasion vers l'idéal et spiritualisation. Séduit par la magie de la forme comme par l'ardeur de l'exhortation, le lecteur à son tour cède à l'ivresse de la poésie.

---

1. « L'Homme et la Mer », poème XIV des *Fleurs du mal*.

19 Les Fenêtres

Celui qui regarde du dehors à travers une fenêtre ouverte, ne voit jamais autant de choses que celui qui regarde une fenêtre fermée. Il n'est pas d'objet plus profond, plus mystérieux, plus fécond, plus ténébreux, plus éblouissant qu'une fenêtre éclairée d'une chandelle. Ce qu'on peut voir au soleil est toujours moins intéressant que ce qui se passe derrière une vitre. Dans ce trou noir ou lumineux vit la vie, rêve la vie, souffre la vie.

Par-delà des vagues de toits, j'aperçois une femme mûre, ridée déjà, pauvre, toujours penchée sur quelque chose, et qui ne sort jamais. Avec son visage, avec son vêtement, avec son geste, avec presque rien, j'ai refait l'histoire de cette femme, ou plutôt sa légende, et quelquefois je me la raconte à moi-même en pleurant.

Si c'eût été un pauvre vieux homme, j'aurais refait la sienne tout aussi aisément.

Et je me couche, fier d'avoir vécu et souffert dans d'autres que moi-même.

Peut-être me direz-vous : « Es-tu sûr que cette légende soit la vraie ? » Qu'importe ce que peut être la réalité placée hors de moi, si elle m'a aidé à vivre, à sentir que je suis et ce que je suis ?

INTRODUCTION[1]

Dans ce poème, la fenêtre, présente dans le titre, apparaît dans sa fonction matérielle : au centre du texte, une anecdote personnelle en révèle bien l'importance. Le poème analyse aussi l'état d'esprit du contemplateur. Si bien que l'analyse elle-même est une espèce de fenêtre, par laquelle le « je » aperçoit sa réalité intérieure. Il convient d'abord de suivre les étapes de ce mouvement essentiel du texte, qui conduit de l'extérieur vers l'intérieur des objets et du sujet. « Les Fenêtres » d'autre part s'inscrivent dans toute une lignée de textes du « Spleen de Paris » qui explorent la poésie du quotidien urbain, et en extraient la signification symbolique[2]. Le commentaire dégagera enfin la leçon de cette fable qui illustre les rapports de l'artiste et de la réalité, gouvernés par l'imagination créatrice.

DE L'EXTÉRIEUR VERS L'INTÉRIEUR : LE THÈME DU REGARD

La première phrase du poème se présente comme un paradoxe : la fenêtre est plus intéressante lorsqu'on la regarde de l'extérieur que dans sa fonction banale d'ouverture sur la diversité du monde. Ce qui est donc posé ici, à travers l'attitude de « celui qui regarde une fenêtre fermée », est le désir de pénétrer (par le regard, aidé sans doute de l'imagination) dans un intérieur au sens d'intérieur domestique.

Cet intérieur, le premier paragraphe ne le livre que

1. Voir ci-dessus p. 38, note 1.
2. Dans le même esprit, on peut citer « Les Veuves », « Le Vieux saltimbanque », « Les Yeux des pauvres ».

dans sa plus grande généralité : « la vie ». De même que le « je » s'absente : l'auteur s'abrite derrière la généralité de l'expression (« celui qui », « *une* fenêtre ») ; l'écriture adopte le mode de la maxime (« Ce qu'*on* peut voir au soleil est *toujours* moins intéressant que ce qui se passe derrière *une* vitre », l. 6).

Dans le deuxième paragraphe, le regard franchit l'obstacle de la distance (« Par-delà des vagues de toits », l. 10), et un intérieur se laisse deviner. Le décor et le personnage sont livrés d'une manière stylisée, parcimonieuse, nous verrons ensuite pourquoi. Notons simplement ici que le « je » est apparu, que nous sommes passés du présent de vérité générale au présent d'expérience et de répétition (tous les jours sans doute, le poète, de chez lui, aperçoit cette femme « toujours penchée sur quelque chose »). A partir du milieu du poème (« j'ai refait l'histoire de cette femme, ou plutôt sa légende », l. 13), l'imagination et l'intuition du « je » prennent le relais de l'observation. Il faut donc marquer le tournant de la méditation, centrée maintenant sur l'esprit du poète et sa capacité créatrice. Peu importe désormais l'objet regardé, tout est dans l'approche visionnaire du regard : « Si c'eût été un pauvre vieux homme, j'aurais refait [son histoire] tout aussi aisément » (l. 17).

Le dernier paragraphe est plus net encore dans son refus de considérer l'objet pour lui-même : « Qu'importe ce que peut être la réalité placée hors de moi... » (l. 22). Nous en arrivons à la conclusion philosophique du poème : le regard du « je », par un mouvement de réflexivité, s'est tourné vers l'intériorité même du sujet, et lui découvre intuitivement son existence (« sentir que *je suis* ») et son essence (« et *ce que* je suis », l. 24).

On peut saisir alors la signification symbolique du poème : de même que la fenêtre peut être traversée par le regard pour révéler l'intérieur où « vit la vie », de même la réalité perçue doit être traversée, dépassée par le regard intérieur, et recomposée par l'imagination du poète ; celui-ci se sentant capable de créer — c'est-à-dire d'imaginer — aura enfin conscience d'exister.

LA POÉSIE DU QUOTIDIEN

Existe-t-il un objet plus banal qu'une fenêtre ? Le poète lui consacre pourtant la phrase la plus rythmée et la plus étonnante de son texte, la deuxième. Une longue montée par paliers d'adjectifs au superlatif (« Il n'est pas d'objet plus prof*ond*, plus mystéri*eux*, plus féc*ond*, plus ténébr*eux* » : noter l'écho croisé des sonorités finales) ; puis, on arrive à l'adjectif « éblouissant », sommet rythmique de la phrase, qui fait une curieuse alliance de mots avec « ténébreux » ; voici alors la plus délicate suggestion de la vie modeste et patiente avec cette « fenêtre éclairée d'une chandelle ». On se souviendra que la flamme de la chandelle évoque chez les peintres (Georges de La Tour) comme chez les poètes (Ronsard[1]) la douceur mystérieuse de la veillée, peut-être la mélancolie d'une fin de vie.

Cette poésie du quotidien s'appuie encore sur la suggestion pour évoquer la noblesse de la banalité : « vit la vie, rêve la vie, souffre la vie. » La triple inversion du sujet met en valeur non pas la vie au sens biologique, mais la qualité spirituelle de toute vie, non particularisée. « *Vit* la vie » exprime l'attachement élémentaire de l'homme à sa condition, même grise ; « *rêve* la vie » implique l'élan vers l'idéal ; « *soufre* la vie » évoque toutes les détresses du spleen. En si peu de mots, c'est la grandeur et la misère de la condition humaine qui se trouvent définies.

L'esquisse (l. 10-13) de la femme pauvre travaillant à domicile se rattache à l'inspiration des « Tableaux parisiens », l'une des sections des *Fleurs du mal*. Nous voici

---

1. « Quand vous serez bien vieille, au soir, à la chandelle
Assise auprès du feu, dévidant et filant... »
(« Sonnet pour Hélène »).

en effet dans le désert minéral de l'immense cité où des existences solitaires, séparées par des « vagues de toits », ne se rencontreront jamais. Ici, Baudelaire s'est gardé de tomber dans le pittoresque ou le misérabilisme ; de la silhouette aperçue, il a sélectionné quelques traits suggestifs : mélancolie de l'âge (d'âge « mûr »), travail monotone et usant (« toujours penchée », « ridée »), claustration (« qui ne sort jamais »). Autant d'éléments qui symbolisent la souffrance humaine, muette, à laquelle le poète donne voix.

A la différence du romancier qui lui aussi rêve à « ce qui se passe derrière une vitre », le poète a pour tâche de composer la « légende » plutôt que l' « histoire » (l. 00) du destin qu'il devine. « Légende » n'est pas ici synonyme de fabulation, mais de récit exemplaire, de fable, peut-être d'allégorie[1] : à partir de très peu de chose. Baudelaire va à la fois imaginer la vie de cette femme et en faire sentir la dimension symbolique.

CONNAISSANCE ET CRÉATION

Le moment est donc venu de lire le poème comme une fable sur la connaissance et la création poétique. Cette connaissance n'est pas de l'ordre de l'exploration rationnelle, comme le souligne déjà la phrase (« Ce qu'on peut voir au soleil est toujours moins intéressant que ce qui se passe derrière une vitre », l. 6). Il ne s'agit pas de vérité objective ; voilà pourquoi la question de l'interlocuteur soucieux d'exactitude positive est écartée (« Es-tu sûr que cette légende soit la vraie ? », l. 21).

La première clé de la connaissance est pour le poète l'Imagination : il se saisit de quelques éléments du réel et « *refait* » (l. 14) l'histoire des êtres. Il en compose la

1. Comme le cygne, les aveugles ou les petites vieilles qui, dans les « Tableaux parisiens », deviennent de vivantes images de l'Exil ou du Malheur.

« légende » (vision imaginaire), caractérisée par son intense pouvoir émotionnel : « je me la raconte à moi-même *en pleurant* ». Une seconde clé de la connaissance poétique est la sympathie avec les êtres que l'on peint : non pas compassion vaguement charitable, mais identification temporaire qui permet au « je » « d'avoir vécu et souffert dans d'autres que [lui]-même ». Nous retrouvons là une idée familière à Baudelaire : l'artiste « peut être à sa guise soi-même et autrui » (« Les Foules ») ; la faculté de communion spirituelle avec les êtres les plus opposés est le privilège de son génie. Simultanément, il connaît et il crée.

Les conséquences de la connaissance-création exprimées dans la fin du poème ont une résonance existentielle et philosophique : le poète est « fier d'avoir *vécu* et souffert » ; la création de son imaginaire l'a « aidé à vivre ». Ainsi se trouvent provisoirement conjurées l'angoisse de la stérilité, la hantise de la nullité de sa vie, si fortes chez Baudelaire. Plus puissante encore, comme le souligne la formulation carrée de ia fin (« à sentir que je suis et ce que je suis »), s'impose une victorieuse certitude. J'existe et j'existe en tant que créateur ; ou, si l'on préfère, je crée donc je suis. A l'introspection traditionnelle, Baudelaire a substitué l'imagination créatrice comme outil de la connaissance de soi.

CONCLUSION

Tout l'art des « Fenêtres » réside dans l'aisance avec laquelle le poète sait ordonner des méditations de plus en plus profondes autour d'un centre anecdotique. La variété de ton frappe également : paradoxal et affirmatif au début du poème, il touche dans les dernières lignes à la confidence lyrique d'un créateur. Celle-ci est pour nous émouvante, parce que nous savons que l'art était réellement, pour Baudelaire, la fierté et la justification de sa vie.

20 Le port

Un port est un séjour charmant pour une âme fatiguée des luttes de la vie. L'ampleur du ciel, l'architecture mobile des nuages, les colorations changeantes de la mer, le scintillement des phares, sont un prisme merveilleusement propre à amuser les yeux sans jamais les lasser. Les formes élancées des navires, au gréement compliqué, auxquels la houle imprime des oscillations harmonieuses, servent à entretenir dans l'âme le goût du rythme et de la beauté. Et puis, surtout, il y a une sorte de plaisir mystérieux et aristocratique pour celui qui n'a plus ni curiosité ni ambition, à contempler, couché dans le belvédère ou accoudé sur le môle, tous ces mouvements de ceux qui partent et de ceux qui reviennent, de ceux qui ont encore la force de vouloir, le désir de voyager ou de s'enrichir.

LECTURE METHODIQUE

INTRODUCTION

Ce poème est court, mais d'une densité remarquable ; excluant le pittoresque, il embrasse la totalité de son objet, depuis la ligne d'horizon jusqu'à la jetée où les voyageurs se pressent, en passant par les vaisseaux qui sillonnent la rade. Le paysage s'inscrit dans une composition au sens pictural du terme ; mais, loin de figer ce paysage, le poète est sensible à toutes les formes de variété et de mouvement qu'il contient.

Nous verrons que le spectacle du port et de la mer fascine le poète parce qu'il s'apparente à une œuvre picturale en puissance ; autrement dit, il s'agit d'un spectacle essentiellement esthétique. D'autre part, le poème développe l'attrait spirituel que le port exerce sur « l'âme » (l. 1) : nous avons accès à l'intimité d'un contemplateur épris à la fois de repos aristocratique et d'évasion imaginaire.

1. LE PORT : UN SPECTACLE ESTHÉTIQUE

Le paysage du port répond exactement aux vœux de Baudelaire critique d'art : dans ses « Curiosités esthétiques[1] », il s'attache à la composition, qui ordonne le sujet dans toute son ampleur ; à la magie de la variété colorée ; à l'alliance subtile de la ligne et du mouvement.

Une composition picturale

Le regard du poète rejoint celui du peintre, lorsqu'il définit la perspective (« *L'ampleur* du ciel », l. 2) et l'équilibre des masses (« l'*architecture* mobile des nuages, l. 2). Les vaisseaux sont saisis comme des objets esthétiques, dont le poète trace le croquis, selon l'axe horizontal (« Les formes élancées », l. 6), puis vertical (« le gréement compliqué », l. 7, comprenant les verticales des mâts et les diagonales des cordages).

L'agitation humaine elle-même, dans sa diversité antithétique (« ceux qui partent », « ceux qui reviennent », l. 13-14), devient spectacle que le regard surplombe : « belvédère », l. 12) suggère l'idée de panoramisme. Cette agitation est embrassée comme une totalité :

1. Titre du recueil des textes critiques de Baudelaire sur la peinture de son temps.

le verbe « contempler » (l. 12) indique la distance esthétique entre le peintre et son sujet.

Dans sa structure même, le poème reflète cette importance de la composition : des lignes 1 à 6, le champ de vision tourné vers l'extérieur du port capte les signes d'infini que sont la mer, le ciel et les nuages ; l'évocation des vaisseaux (l. 6 à 9) amène la rêverie sur l'activité humaine et le voyage ; enfin se développe un plan panoramique tourné maintenant vers l'intérieur du port et l'énergie humaine qui s'y déploie.

Le principe de variété

On l'observe dans le domaine des formes comme dans celui des couleurs. Une expression comme « l'architecture mobile des nuages » doit nous retenir : un terme de structure (« architecture ») vient s'appliquer à la forme la plus fuyante, celle du nuage, en s'appuyant sur un adjectif de mouvement (« mobile »). Ainsi, le paysage céleste se compose, se décompose et se recompose sans cesse, satisfaisant l'exigence de variété sans tomber dans l'éparpillement informe. « Les colorations *changeantes* de la mer » et « le *scintillement* des phares » trahissent le même goût pour la variété dans le registre de la couleur et du clignotement des reflets : c'est précisément le chatoiement que les peintres pré-impressionnistes admirés de Baudelaire (Jongkind et Eugène Boudin) chercheront à rendre dans la subtilité de leurs gris bleu-vert, inspirés des ciels changeants et des tonalités miroitantes de la Manche.

La métaphore du « prisme » (l. 5) qui résume le paysage est révélatrice de ce principe de variété. Au XIXe siècle, le prisme[1] devient le nom courant du kaléidoscope : il s'agit alors d'un tube contenant de petits miroirs, où l'on s'amuse à voir de minuscules objets pro-

1. En physique, le terme de « prisme » désigne le solide de verre ou de cristal qui décompose les rayons lumineux en faisceaux colorés.

duire des dessins variés. Ici, le paysage s'assimile donc pour le poète à un monde en petit, que le jeu kaléidoscopique (« amuser les yeux ») dote d'une infinie diversité.

La ligne et le mouvement

Dans le cas des vaisseaux, le principe du mouvement régulier, le bercement, s'unit à la géométrie de leur architecture. Baudelaire parle d' « oscillations harmonieuses » (l. 8), introduisant alors la notion de « rythme ». On voit s'opérer une « correspondance » baudelairienne entre le spectacle extérieur et une exigence intérieure de beauté (« entretenir *dans l'âme* le goût du rythme et de la beauté »). Dans ces navires bercés, motif cher à Baudelaire[1], le charme naît du balancement nonchalant d'une architecture symétrique (évoquée par le « gréement »). Les vœux esthétiques du poète se trouvent ici comblés, puisque la perfection « compliquée » de la ligne se joint à l'aisance libre du mouvement.

Dans le rythme même de la prose du « Port », on observe que l'ampleur et la régularité s'unissent à une souplesse qui exclut une symétrie trop monotone. Considérons par exemple la deuxième phrase du texte : les quatre groupes-sujets, encadrés de virgules, comptent respectivement quatre, onze, onze et sept syllabes ; c'est-à-dire que deux groupes brefs mais inégaux (pour éviter la monotonie) se disposent de part et d'autre de deux groupes longs, égaux. Le groupe verbal comporte deux segments à peu près égaux (« sont un prisme merveilleusement propre » = dix syllabes ; « à amuser les yeux/sans jamais les lasser » = six + six syllabes). Baudelaire s'est refusé à juxtaposer deux alexandrins, ce qui aurait été une maladroite transposition de la poésie

1. Cf. « Le Beau Navire », poème L des *Fleurs du mal* ; et, dans *Les Paradis artificiels*, « ces beaux navires balancés par les eaux de la rade [...] et qui ont l'air de traduire notre pensée : quand partons-nous pour le bonheur ? »

en vers, et aurait contredit le désir d'écrire dans une prose « assez *souple* » pour s'adapter « aux *ondulations* de la rêverie » (Lettre-préface à Arsène Houssaye).

2. LE CONTEMPLATEUR : RÊVERIE ARISTOCRATIQUE ET DÉLICE DE L'IMAGINATION

Dès la première phrase, l'accent est mis sur la correspondance entre le port et un état d'esprit fait de lassitude morale (« séjour charmant pour une *âme fatiguée* des luttes de la vie », l. 1). Correspondance, notons-le, d'ordre magique, si l'on prend l'adjectif « charmant » dans son sens étymologique : « qui tient sous un charme ensorcelant ». Ce « charme » consiste ici en une rêverie solitaire de nature aristocratique et en un « plaisir mystérieux » (l. 1) de l'imagination.

Une rêverie aristocratique

Observons d'abord sur le simple plan physique le contemplateur abandonné dans des postures de repos ou de nonchalance (« couché » ou « accoudé », l. 12-13). Notons aussi que ce repos s'inscrit dans des cadres qui peuvent étonner : le « belvédère », terrasse panoramique ; le « môle », c'est-à-dire le quai où l'on décharge les marchandises. L'oisiveté du contemplateur s'affiche là où les hommes s'activent à des besognes concrètes et, d'instinct, il établit sa demeure dans un lieu élevé : ce sont deux manifestations symboliques de son isolement supérieur et de son dédain des contingences matérielles, face à ceux qui ont le désir de s'enrichir. On voit ainsi la rêverie du repos s'allier à un aristocratisme (« plaisir mystérieux et aristocratique », l. 10) à travers lequel le poète, esthète et dandy, contemple à son aise l'agitation du vulgaire.

Subtilement, ce repos se double d'une dimension spirituelle qui l'anoblit encore : ce contemplateur rappelle le sage antique, épicurien par exemple, qui savoure la paix de l'âme face au spectacle des passions humaines. Sagesse également, l'absence chez le poète de toute projection dans le futur : il considère le « désir de voyager » (l. 15) qui saisit les autres comme tout à fait étranger à lui-même. Le poète est enfin supérieur par son détachement à tous ceux qu'il contemple : apprécions l'opposition entre « celui qui *n'a plus* ni curiosité ni ambition » (l. 11) et « ceux qui ont *encore* la force de vouloir » (l. 14). La désillusion, l'amertume, la démission de la volonté que Baudelaire notait chez lui pour s'en plaindre sont ici retournées, sous le charme du port, en « plaisir mystérieux et aristocratique » (l. 10), en repos moral et spirituel.

Le délice de l'imagination

Il faut maintenant dégager la signification de ce « plaisir mystérieux » (l. 10) : le texte reste énigmatique sur ce point, puisque nous n'avons pas accès aux pensées du contemplateur.

Certains rapprochements avec d'autres textes de Baudelaire peuvent nous aider. Dans « L'Invitation au voyage[1] » comme dans « Parfum exotique[2] », le motif du port rempli de vaisseaux s'associe à l'idée de voyage par l'imagination. Ici, on peut deviner qu'il y a également un plaisir mystérieux pour le poète à vivre le repos, tout en épousant par l'imagination les destins « de ceux qui partent et de ceux qui reviennent » (l. 13). Comme le dit le poème en prose « Les Foules », « le poète jouit de cet incomparable privilège qu'il peut à sa guise être lui-même et autrui ». Il s'agit d'un privilège de l'imagination qui permet ici à celui qui est « fatigué[e] des luttes

---

1. Voir p. 68.
2. Voir p. 45.

de la vie » (l. 1) de vivre encore, sur le monde de la procuration, à travers « ceux qui ont *encore* la force de vouloir » (l. 14).

La progression même de la pensée dans la longue dernière phrase confirme cette idée : dans sa première partie, elle est centrée sur le contemplateur ; dans sa seconde partie (« tous ces mouvements », etc.), le contemplateur disparaît pour faire place à l'évocation des autres hommes. Ces derniers sont envisagés d'abord extérieurement (partir, revenir), puis selon leur intériorité même (« la force de *vouloir* », « le *désir* de voyager », l. 14-15). C'est là le signe que le poète s'est transporté par l'imagination dans l'âme même des voyageurs, qu'il est bien « lui-même et autrui ».

On sera sensible au rythme savant de la phrase. Les groupes binaires assurent la stabilité, la symétrie oratoire : « mystérieux et aristocratique » (l. 10), « ni curiosité ni ambition » (l. 11), « de ceux qui partent et de ceux qui reviennent » (l. 13). D'autre part, la souplesse quasi nonchalante de la fin de la phrase tient au rajout de groupes brisant ce binarisme : par exemple, « de ceux qui ont encore la force de vouloir » (l. 14) prolonge, en plus ample, le groupe précédent. Le groupe « le désir de voyager ou de s'enrichir » (l. 15) constitue une élégante rallonge finale, inattendue, qui épouse les méandres ultimes de la rêverie.

CONCLUSION

Dans « Le Port » sont valorisées l'oisiveté et l'imagination, qui deviennent fécondes au mépris des exigences de la vie pratique. La diversité du spectacle est saisie dans son unité supérieure, d'ordre esthétique. Le port, par définition lieu d'arrivée et de départ, peut abriter les désillusions d'une vie achevée. Il permet aussi la renaissance en d'autres rêves, en d'autres possibles.

Bussière Camedan Imprimeries
à Saint-Amand (Cher), France.
Dépôt légal : août 2000. N° d'édit. : 11360. N° d'imp. : 003636/1.